# 东坡肘子 青梅酒

## 诗词里的小百科

洪嘉敏 / 编著
陈姝婷 陈雨虹 / 绘

海峡出版发行集团 | 鹭江出版社

2024年·厦门

图书在版编目(CIP)数据

东坡肘子青梅酒：诗词里的小百科 / 洪嘉敏编著；陈姝婷，陈雨虹绘 . -- 厦门：鹭江出版社，2024.5
ISBN 978-7-5459-2277-6

Ⅰ.①东… Ⅱ.①洪… ②陈… ③陈… Ⅲ.①古典诗歌—诗歌欣赏—中国—少儿读物 Ⅳ.①I207.2-49

中国国家版本馆CIP数据核字(2024)第069867号

出 版 人　雷　戎
策划编辑　谢福统
责任编辑　吴宇超
美术编辑　朱　懿
装帧设计　中闻集团福州印务有限公司

DONGPOZHOUZI QINGMEIJIU: SHICI LIDE XIAOBAIKE
**东坡肘子青梅酒：诗词里的小百科**
洪嘉敏 编著　　陈姝婷 陈雨虹 绘

| | | | |
|---|---|---|---|
| 出版发行 | 鹭江出版社 | | |
| 地　　址 | 厦门市湖明路22号 | 邮政编码： | 361004 |
| 印　　刷 | 中闻集团福州印务有限公司 | | |
| 地　　址 | 福州市鼓屏路33号 | 联系电话： | 0591-87563178 |
| 开　　本 | 635mm×889mm　1/16 | | |
| 印　　张 | 20 | | |
| 字　　数 | 146千字 | | |
| 版　　次 | 2024年5月第1版　　2024年5月第1次印刷 | | |
| 书　　号 | ISBN 978-7-5459-2277-6 | | |
| 定　　价 | 32.00元 | | |

如发现印装质量问题，请寄承印厂调换。

# 目录

## 博物篇

大林寺桃花 ·············································· 002
　★ 为什么山上山下的花期不同？

望天门山 ················································ 005
　★ "两岸青山相对出"，山也会动吗？

山　行 ·················································· 008
　★ 霜叶为什么会变红？

赋得古原草送别 ·········································· 010
　★ 为什么"野火烧不尽，春风吹又生"？

己亥杂诗（其五） ········································ 013
　★ "落红"为何能护花？

游园不值 ················································ 015
　★ "红杏出墙"是什么原因？

惠崇春江晚景二首（其一） ································ 017
　★ "河豚"是一种什么样的鱼儿？

锦　瑟 ·················································· 020
　★ "杜鹃鸟"和"杜鹃花"有什么关系吗？

浣溪沙 ·················································· 023
　　★ 河流向哪流？
入若耶溪诗 ·········································· 026
　　★ "蝉"都会叫吗？
约　客 ·················································· 029
　　★ "黄梅时节家家雨"是为什么呢？
曲江二首（其二）·································· 031
　　★ 蝴蝶穿花、蜻蜓点水是为什么？
早发白帝城 ·········································· 034
　　★ 三峡的猿啼真的存在吗？
无　题 ·················································· 037
　　★ 吐完了丝，春蚕就死了吗？
龟虽寿 ·················································· 040
　　★ 乌龟为什么能长寿？
鹿　鸣 ·················································· 043
　　★ 小鹿爱吃什么？
竹　石 ·················································· 047
　　★ 竹子为什么可以"立根原在破岩中"？
苏幕遮·怀旧 ········································ 050
　　★ 为什么秋天植物会落叶？
终南望余雪 ·········································· 053
　　★ 为什么山有"阴岭""阳岭"？
望洞庭湖赠张丞相 ······························· 055
　　★ 为什么会出现"气蒸云梦泽"的现象？
夜雨寄北 ·············································· 058

★ 何为"巴山夜雨"？

使至塞上 ·················· 061
　　★ 常有大风的沙漠为什么能见到"孤烟直"？

题西林壁 ·················· 065
　　★ "山岭"和"山峰"有什么不同？

虞美人（其二） ·················· 067
　　★ 江水为什么向东流？

望庐山瀑布 ·················· 070
　　★ 瀑布是怎么形成的？

## 美食篇

临安春雨初霁 ·················· 074
　　★ 古人也喝"奶茶"吗？

南陵别儿童入京 ·················· 077
　　★ 李白喝过多少种酒？

猪肉颂 ·················· 081
　　★ "东坡肉"是怎么做的？

食　雉 ·················· 084
　　★ 现在还可以抓"雉鸡"吗？

道上见村民聚饮 ·················· 087
　　★ "肉羹"是一种什么食物？

渔歌子（其二） ·················· 091
　　★ 古人爱吃什么鱼？

秋下荆门 ·················· 094

★"鲈鱼鲙"是什么典故？

鹧鸪天·送欧阳国瑞入吴中 ·················· 097

　　★铁锅还未普及时人们是怎么做饭的？

游庐山得蟹 ································ 101

　　★古人是怎么吃蟹的？

答朝士 ···································· 104

　　★什么样的蛤蜊好吃？

初到黄州 ·································· 108

　　★笋有多好吃？

立　春 ···································· 112

　　★什么是"春盘"？

雨后行菜圃 ································ 115

　　★白菜也有好听的名字

四时田园杂兴（其三十一） ·················· 119

　　★古代的"吃瓜群众"爱吃什么瓜？

食荔枝二首（其二） ························ 122

　　★珍贵的荔枝

木　瓜 ···································· 125

　　★诗词中的"桃李"

食杨梅三首（其一） ························ 128

　　★美味的杨梅

三衢道中 ·································· 131

　　★梅子的前世今生

野人送朱樱 ································ 134

　　★人见人爱的樱桃

食　粥 ················································ 137
　　★ 古人也爱喝粥吗？
寄胡饼与杨万州 ····································· 139
　　★ 胡麻饼的由来
食蒸饼作 ············································ 142
　　★ 蒸饼的由来
初冬绝句二首（其一） ····························· 145
　　★ 古人是如何实现"炸物自由"的？
元宵煮浮圆子前辈似未尝赋此坐间成四韵 ······ 147
　　★ 团团圆圆吃汤圆
馒　头 ················································ 150
　　★ 古代的馒头是什么样的？

# 习俗篇

元　日 ················································ 154
　　★ 逢年过节燃放爆竹的习俗从何而来？
汉宫春·立春日 ······································ 157
　　★ 什么是"春幡"？
减字木兰花·己卯儋耳春词 ························ 160
　　★ 什么是"打春牛"？
青玉案·元夕 ········································ 163
　　★ 什么是"玉壶"？
十五夜观灯 ·········································· 166
　　★ 为什么元宵节也叫"灯节"？

二月二日·····································170
　　★什么是"龙抬头"？
社　日·······································173
　　★"社日"是什么日子？
游山西村·····································176
　　★什么是"春社"？
丽人行（节选）·······························179
　　★"三月三"是什么节日？
寒　食·······································182
　　★你知道"寒食节"的起源吗？
清明感事（其一）···························185
　　★"乞新火"中的"新火"是什么火？
苏堤清明即事·································187
　　★古人有哪些回应春天的方式？
渔家傲·······································190
　　★"端午节"是为纪念屈原而诞生的吗？
午日观竞渡···································194
　　★赛龙舟、吃粽子的由来
夜书所见·····································197
　　★什么是"斗草"？
乞　巧·······································200
　　★"七夕节"是什么节日？
迢迢牵牛星···································203
　　★牛郎织女的传说从何而来？
中元作·······································207

- ★ 什么是"中元节"?

水调歌头 ················································ 210
- ★ 古人对月亮的崇拜

一剪梅·中秋元月 ·································· 214
- ★ 中秋吃月饼的习俗

醉花阴 ··················································· 217
- ★ "瑞脑消金兽"是什么意思?

九日齐山登高 ········································ 220
- ★ 重阳登高插茱萸

腊八粥 ··················································· 223
- ★ 什么是"腊八节"?

鹧鸪天·丁巳除夕 ·································· 225
- ★ 过年为何又叫"除夕"?

守 岁 ····················································· 229
- ★ 为什么除夕要"守岁"?

除夜雪二首(其二) ······························· 232
- ★ "瑞雪兆丰年"是什么原理?

## 节气篇

立春偶成 ··············································· 236
- ★ "立春"与"律回"

春夜喜雨 ··············································· 239
- ★ 雨水:"好雨知时节"

观田家 ··················································· 242

★ "惊蛰"有哪三候?

春分日·················245
　　★ "春分"有哪三候?

清　明·················248
　　★ 你知道古人的"清明节"是什么样的节日吗?

七言诗二首···············251
　　★ "谷雨"是一个什么样的节气?

江　村·················254
　　★ 为什么说"立夏"是万物蓬勃生长的标志?

小　满·················257
　　★ 为什么说"小满"是一个饱含古人智慧的节气?

时　雨（节选）·············260
　　★ "芒种"还是"忙种"?

夏至避暑北池··············263
　　★ "夏至"是一个什么样的节气?

咏廿四气诗·小暑六月节··········266
　　★ "小暑"有哪三候?

咏廿四气诗·大暑六月中··········268
　　★ "大暑"有哪三候?

立　秋·················271
　　★ "七月流火"说的是天气变热还是变凉?

处　暑·················274
　　★ 处暑三候"禾乃登"是什么意思?

月夜忆舍弟···············277
　　★ "白露"这么美的名字从何而来?

秋词二首（其一） ················280
　★ "秋分"是一个什么样的节气？

秋兴八首（其一） ················283
　★ "寒露"有哪三候？

枫桥夜泊 ························287
　★ 什么是"月相"？

立冬即事二首（其一） ············291
　★ "雉入大水为蜃"是真的吗？

问刘十九 ························293
　★ "小雪"有哪三候？

江　雪 ··························295
　★ 雪中垂钓，钓的是什么？

邯郸冬至夜思家 ··················298
　★ "冬至"有哪三候？

寒　夜 ··························301
　★ 你知道"二十四花信"吗？

梅　花 ··························304
　★ "大寒"有哪三候？

# 博物篇

# 大林寺①桃花

【唐】白居易

人间②芳菲③尽，山寺桃花始④盛开。

长恨⑤春归无觅处，不知⑥转入此中来。

### 注释

① 〔大林寺〕在江西省庐山大林峰。
② 〔人间〕指庐山脚下的村落。
③ 〔芳菲〕花草芳香，泛指众花。
④ 〔始〕才，刚刚。
⑤ 〔长恨〕常常惋惜。
⑥ 〔不知〕想不到。

### 译文

四月，山脚下的百花都已凋谢，但在深山古寺之中，桃花才刚刚盛开。我常为春光逝去无处寻觅而感到

惋惜，却不知它偷偷躲到这里来了。

## 📚 导读

白居易在《游大林寺》一文中写道："山高地深，时节绝晚，于时孟夏月，如正二月天，山桃始华，涧草犹短，人物风候，与平地聚落不同。"《大林寺桃花》一诗写的正是这样的感受。在诗人的笔下，春光生动具体、天真烂漫。这首小诗趣味横生，是唐绝句中的一首珍品。

## 🌐 诗词小知识

### 为什么山上山下的花期不同？

山下百花凋零，山上却桃花始放，这首诗其实反映了一种地理现象：通常海拔高度每升高100米，气温就下降0.6℃左右，深山海拔高气温低，山上的物候通常都比山下推迟了一个月左右，所以桃花开放的时间要比山下的推后20～30天。由此可见，诗人忽然发现初夏山上大林寺桃花争相开放的美景该有多惊喜。诗人也借这一现象,表达了自己超凡脱俗远离尘世,不与世俗同流合污的理想。

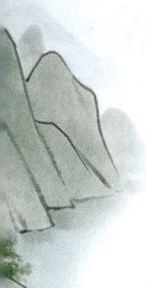

# 望天门山[1]

【唐】李 白

天门中断[2]楚江[3]开，碧水东流至此回。

两岸青山相对出[4]，孤帆一片日边来[5]。

## 注释

① 〔天门山〕位于安徽省和县与芜湖市长江两岸，在江北的叫西梁山，在江南的叫东梁山（古称博望山）。两山隔江对峙，形同天设的门户，由此得名。

② 〔中断〕江水从中间隔断两山。

③ 〔楚江〕即长江。因为古代长江中游地带属楚国，所以叫楚江。

④ 〔出〕突出，出现。

⑤ 〔日边来〕指孤舟从水天相接处驶来，仿佛从日边来。

## 译文

长江水隔断天门雄峰，碧绿的江水滚滚东流到这里，又回旋向北流去。两岸青山夹江而对，似乎正迎面走来，欢迎江上的来客，一只小船从落日的地方缓缓驶来。

## 导读

《望天门山》描写了诗人舟行江中，顺流而下，远望天门山的情景。既描写了天门山的雄奇壮观和江水浩荡奔流的气势，又描绘了从两岸青山中间望去的远景，诗句极具动态美。全诗通过描写天门山景象，赞美了大自然的壮丽奇妙，也表达了作者初出巴蜀时豪迈乐观的激情，体现了诗人自由浪漫、雄奇奔放的精神风貌。

## 诗词小知识

**"两岸青山相对出"，山也会动吗？**

静止的事物有时候也能产生动态美。两岸的青山夹江而对，一只小船从远方落日处缓缓驶来。"青山相对出"揭示了物体的相对运动，以小船作为参照物，青山就是运动的。孤帆对于太阳是运动的，这也是因为这里把太阳作为参照物。诗句"满眼风波多闪烁,看山恰似走来迎。仔细看山山不动,是船行"也揭示了类似的科学道理。满眼波光明灭、闪烁不定,觉得眼前的青山好像迎面走了过来。仔细一看,原来山并没有动,是船在向前行。所以参照物不同,观察到的物体的运动形态就可能不一样。

## 山 行①

【唐】杜 牧

远上寒山②石径③斜,白云生④处有人家。

停车坐⑤爱枫林晚⑥,霜叶红于⑦二月花。

### 注释

① 〔山行〕在山中行走。

② 〔寒山〕深秋季节的山。

③ 〔石径〕石子铺成的小路。

④ 〔生〕生成、形成。

⑤ 〔坐〕因为。

⑥ 〔枫林晚〕傍晚时的枫树林。

⑦ 〔红于〕比……更红,本诗指霜叶比二月花更红。

### 译文

深秋时节,沿着石子铺成的倾斜小路上山,在那生出白云的地方居然还有几户

人家。停下马车是因为喜爱深秋傍晚时的枫林，经过寒霜的枫叶，比二月的春花还要红。

## 导读

这首诗生动描绘了诗人深秋山行所见的美景，山路、人家、白云、红叶，构成了一幅动人的山林秋色图，这样和谐美丽的画面让诗人逸兴遄（chuán）飞，精神激昂。

## 诗词小知识

### 霜叶为什么会变红？

深秋枫叶颜色是会逐渐变红的。其实树叶的颜色和它含有的色素有关系。叶绿素比别的色素"娇气"，到了秋天就抵挡不住低温的影响，常常被破坏而消失，留下来的比较稳定的其他色素则会使树叶渐渐变成其他的颜色。如果留下的类胡萝卜素较多，那么树叶就会变成黄色。如果留下的花青素较多，那就变成美丽的红叶了。

## 赋得古原草送别

【唐】白居易

离离①原②上草，一岁一枯荣③。

野火烧不尽，春风吹又生。

远芳④侵古道，晴翠接荒城。

又送王孙去，萋萋满别情⑤。

### 注释

① 〔离离〕繁盛的样子。
② 〔原〕原野。
③ 〔荣〕繁盛。
④ 〔远芳〕远处芬芳的春草。
⑤ 〔又送王孙去，萋萋满别情〕这两句借用《楚辞》"王孙游兮不归，春草生兮萋萋"的典故。王孙，贵族。这里指的是自己的朋友。萋萋，草盛的样子。

## 译文

古原上长满了茂盛的青草，年年岁岁枯萎了又繁荣。即使是烈火也无法将其烧尽，春风一吹，野草又遍地生长。远处芬芳的春草侵占了古道，晴天下明丽翠绿的草色连着荒城。我又在这里送友人远去，似乎每一片草叶都充满了离别之情。

## 导读

这是一首"应试作文"，相传是白居易十六岁时所写。按当时科举考试规定，凡指定的试题，题目前都需要加"赋得"二字，作法与咏物诗相似。诗人通过对古原上野草的描绘，抒发了他送别友人时的依依惜别之情。

## 诗词小知识

**为什么"野火烧不尽，春风吹又生"？**

"野火烧不尽，春风吹又生。"不管烈火怎样无情地焚烧，只要春风一吹，又是遍地青青的野草。实际上，烧过的青草会产生燃烧的灰烬——草木灰。而草木灰的主要成分是钾，是一种能使植株强壮的成分，因而草木灰又可以作为肥料滋养植物。野火虽然烧掉了地上的野草，但是种子、草根却留在了泥土里。待来年春天，气候转暖，种子吸收了充分的养料，就会重新发芽生长啦。

# 己亥杂诗（其五）

【清】龚自珍

浩荡离愁①白日斜，吟鞭②东指即天涯③。

落红④不是无情物，化作春泥更护花。

## 注释

① 〔浩荡离愁〕愁思浩浩荡荡，也指诗人心潮不平。

② 〔吟鞭〕指诗人的马鞭。

③ 〔天涯〕指离京都很遥远的地方。

④ 〔落红〕落花。

## 译文

我的愁思浩浩荡荡向着远方西斜的落日延伸，马鞭向东一挥，就感觉人到了天涯一般。从枝头上掉下来的落花不是无情之物，即使化作春泥，也甘愿滋养呵护新的花朵成长。

## 导读

本诗是清代诗人龚自珍的组诗《己亥杂诗》中的第五首，描写了诗人离京的感受。诗人先是以天涯、日暮、落花写出一片浩荡的离愁，后以落花自况，赋予自己身世飘零之感；又展开落花化作春泥的联想，把自己变革现实的意志移情落花，代落花立言，向春天宣誓，倾吐了自己愿报效祖国的心迹。

## 诗词小知识

### "落红"为何能护花？

"落红不是无情物，化作春泥更护花。"从枝头飘下的落花并非无情之物，它化成了春天的泥土，滋养出新的花枝。但其实，落红"护花"需要经过一个循环过程：花叶飘落以后，落叶和落花中的有机物往往会通过细菌、真菌的分解，产生各种无机营养，这些营养又被根吸收，草木根系勃发后自然又能旺盛生长了。自然界的循环真是奇妙。

# 游园不值①

【宋】叶绍翁

应怜②屐齿③印苍苔,小扣④柴扉⑤久不开。

春色满园关不住,一枝红杏出墙来。

## 注释

① 〔值〕遇到。

② 〔应怜〕大概是感到心疼吧。应,表示猜测。怜,怜惜。

③ 〔屐齿〕屐是木鞋,鞋底前后都有高跟,叫屐齿。

④ 〔小扣〕轻轻敲门。

⑤ 〔柴扉〕用木柴、树枝编成的门。

## 译文

大概是园主担心我的木屐会踩坏他爱惜的青苔吧,我轻轻地敲扣柴门,却久久无人来开。满园的春色是关不住的,红杏开得正旺,

有一枝枝条都伸到墙外来了。

## 导读

这首小诗写诗人春日游园的所见所感,情景交融。不但表现了春天难以压抑的生机,也流露出作者对春天的喜爱之情。

## 诗词小知识

### "红杏出墙"是什么原因?

"红杏出墙"其实是生长素的生理作用。"红杏出墙"体现了植物的向光性,主要原因在于植物受到墙外阳光(单侧光)的刺激以后,植物的生长素则会在背光一侧分布得更多。这样,植物背光的一侧的细胞就比向光的一侧的细胞纵向生长得更快,使得茎朝向生长慢的一侧弯曲,也就是朝向光的一侧弯曲,呈现一种向阳而生的追光姿态。

# 惠崇①春江晚景二首（其一）

【宋】苏 轼

竹外桃花三两枝，春江水暖鸭先知。

蒌(lóu)蒿②满地芦芽③短，正是河豚④欲上⑤时。

## 注释

① 〔惠崇〕北宋名僧，能诗善画，《春江晚景》即为他的画作，共两幅，一幅是鸭戏图，一幅是飞雁图。故苏轼为其所作的题画诗也有两首，这首就是题鸭戏图的诗。

② 〔蒌蒿〕一种生长在洼地的多年生草本植物，花淡黄色，茎高四五尺，刚生时柔嫩香脆，可以吃。

③ 〔芦芽〕芦苇的嫩芽，可食用。

④ 〔河豚〕鱼的一种，也叫"鲀（tún）"，肉味鲜美，但是其卵巢、血液和肝脏有剧毒。产于我国沿海和一些内河。每年春天逆江而上，在淡水中产卵。

⑤ 〔上〕指鱼逆江而上。

## 译文

竹林外两三枝桃花初放,鸭子在水中游戏,它们最先察觉到初春江水的回暖。河滩上已经长满了蒌蒿,芦笋也开始抽芽了,此时恰是河豚从大海回归,将要逆江而上产卵的季节。

## 导读

《惠崇春江晚景二首》是苏轼题于惠崇的《春江晚景》画上的组诗。这首诗为其中的一首,题于"鸭戏图"上,此诗再现了原画中的江南仲春景色,又融入诗人合理的想象,诗与画相得益彰,表达了诗人对江南春美的喜爱之情。

## 诗词小知识

**"河豚"是一种什么样的鱼儿?**

河豚名字虽然带一个"河"字,但它其实是一种暖水性海洋底栖鱼类,主要生活在大海里,只是它们每年春天逆流在河中产卵,因此人们误以为它们是河里的鱼儿,就给它取了"河豚"的名字。在我国的长江口附近常见河豚,人们把它和长江刀鱼、鲥鱼并称为"长江三鲜"。民间更有"不食河豚,焉知鱼味?食了河豚,百鱼无味"之说,可见河豚味道之鲜美。但其实河豚是有毒的鱼,据说1g河豚毒素就足以致命。

# 锦 瑟

**【唐】李商隐**

锦瑟①无端②五十弦③，一弦一柱思华年。

庄生晓梦迷蝴蝶④，望帝春心托杜鹃⑤。

沧海月明珠有泪⑥，蓝田⑦日暖玉生烟。

此情可待成追忆，只是当时已惘然⑧。

### 注释

① 〔锦瑟〕装饰华美的瑟。瑟，拨弦乐器，通常二十五弦。

② 〔无端〕没来由地，平白无故地。

③ 〔五十弦〕这里是托古之词。作者的原意是想说锦瑟本应是二十五弦。

④ 李商隐引庄周梦蝶的故事来表达人生如梦、往事如烟之意。

⑤ 传说周朝末年蜀地的君主杜宇不幸亡国而死，死后魂化为杜鹃鸟，叫声哀怨。望帝指杜宇。子鹃即杜鹃，又名子规。

⑥ 〔珠有泪〕《博物志》载："南海外有鲛人，水居如鱼，不废绩织，其眼泣则能出

珠。"即传说南海有鱼人,眼泪中有珍珠。

⑦〔蓝田〕地名,在陕西,以产美玉闻名。

⑧〔惘然〕心中若有所失的样子。

## 译文

　　为什么精美的瑟无缘无故地有五十根弦,一弦一柱都叫我追忆青春年华。庄周翩翩起舞在睡梦中化为蝴蝶,望帝把自己的幽恨寄托给杜鹃。沧海上明月高照,鲛人泣泪成珠;蓝田红日和暖,可见良玉生烟。那美好的情感,如今只能留在回忆中了。只是当时的人都迷惘迷茫,不知道珍惜(这份感情)。

## 导读

　　这首诗是李商隐最难被理解的作品之一,诗家素有"一篇《锦瑟》解人难"的慨叹。在诗中,诗人追忆了自己的青春年华,伤感自己不幸的遭遇,寄托了悲慨、愤懑的心情,借用庄生梦蝶、杜鹃啼血、沧海珠泪、良玉生烟等典故,采用比兴手法,运用联想与想象,创造了一个朦胧的境界。全诗词藻华美,又意味深沉，情真意切，感人至深。

## 诗词小知识

"杜鹃鸟"和"杜鹃花"有什么关系吗？

杜鹃鸟，也叫"子规""布谷鸟"，其叫声近似"不如归去，不如归去"。"望帝春心托杜鹃"说的是古代蜀国国王杜宇，因丛帝鳖灵治好了洪水，迫使杜宇让位，传闻杜宇日夜梦想做回国王，直到春天变成了杜鹃鸟。朱熹也写过"不如归去，孤城越绝三春暮"。杜鹃啼叫的时候，满山的杜鹃花也开了，人们又发现杜鹃嘴有红斑，就认为"杜鹃啼处血成花"。其实二者本来没有什么关系，只是杜鹃鸟的活动时期和杜鹃花的花期刚好相吻合，"杜鹃"这个名称的内涵也就从鸟名向花名扩展了。

# 浣溪沙

【宋】苏 轼

游蕲水①清泉寺，寺临兰溪，溪水西流。

山下兰芽短浸②溪，松间沙路净无泥，萧萧③暮雨子规④啼。　　谁道人生无再少？门前流水尚能西！休将白发⑤唱黄鸡⑥。

## 注释

① 〔蕲水〕县名，今湖北浠水县。
② 〔浸〕泡在水中。
③ 〔萧萧〕形容雨声。
④ 〔子规〕又叫杜宇、杜鹃或布谷。
⑤ 〔白发〕老年。
⑥ 〔唱黄鸡〕感慨时光的流逝。因黄鸡可以报晓，这里借黄鸡表示时光的流逝。

## 译文

游玩位于蕲水的清泉寺，寺庙

在兰溪旁边，溪水向西流淌。

山脚下兰草新抽的幼芽浸在溪水当中，松林间的沙路被雨水冲洗得一尘不染。傍晚时分，细雨萧萧，杜鹃啼叫。谁说人生就不能再回到少年时期？门前的溪水都还能向西边流淌！不要在老年感叹时光的飞逝啊！

## 导读

这首词上阕写暮春三月清泉寺幽雅的风光和环境，下阕抒发使人感奋的议论，即景取喻，表达人生感悟，表现了作者虽处困境而老当益壮、自强不息的精神。

## 诗词小知识

### 河流向哪流？

中国的地势，总体上呈现的是西高东低的情况，所以中国的大多数河流都是自西向东流，黄河、长江都是如此。许多古诗词中也有体现，如"恰似一江春水向东流""滚滚长江东逝水"等。

但并不是所有河流都向东流,比如我们有向西北流的新疆额尔齐斯河。这条河也是中国唯一流入北冰洋的河流。

# 入若耶溪①诗

【南北朝】王　籍

艅艎②何泛泛③，空水共悠悠。

阴霞④生远岫⑤，阳景⑥逐回流。

蝉噪林逾静，鸟鸣山更幽。

此地动归念⑦，长年悲倦游⑧。

### 注释

① 〔若耶溪〕在绍兴市东南，发源于若耶山（今称化山），沿途纳三十六溪溪水，上游流经群山，下游草木丰茂，是一处旅游胜地。

② 〔艅艎〕吴王所造的大舰名，后泛指大船。

③ 〔泛泛〕船行无阻。

④ 〔阴霞〕山北面的云霞。古人认为山南水北为阳，山北水南为阴，即山北面为"阴"，故称"阴霞"。

⑤ 〔远岫〕远处的山峦。

⑥ 〔阳景〕太阳在水中的影子，

"景"通"影"。

⑦〔归念〕归隐的念头。

⑧〔倦游〕厌倦仕途。

## 译文

船在若耶溪上通行无阻,天光水色相接,一片悠悠。晚霞从远处背阳的山头升起,阳光在曲折的水流上投下影子。蝉声高唱,却显得树林格外宁静;鸟鸣声声,却显得深山更加清幽。这地方让我产生了归隐之心,我因多年来厌倦仕途却没有归隐而悲伤起来。

## 导读

这首诗描写了诗人泛舟若耶溪的所见所闻,表达了诗人长时间羁留他乡,渴盼归家之情。其中"蝉噪林逾静,鸟鸣山更幽"一句以动显静,渲染了山林的幽静,文辞清婉,音律谐美,是千古传诵的名句。

## 诗词小知识

### "蝉"都会叫吗?

古代诗人写过许多歌颂蝉的诗句,如:"垂緌饮清露,流响出疏桐。"但其实,不是所有的蝉都会叫,雄蝉才是高唱的主力军,且它们"唱歌"并不是用嘴巴唱,而是用腹部上的一对发音器发音。但雄蝉也不是一直都在叫的,蝉的种类很多,通常来说,春蝉最早叫,夏蝉声音最嘹亮,我们平常最常听见的蝉鸣声就是夏蝉的声音。不过夏蝉的寿命只有几天到几个星期,它还有另一个名字叫"蟪蛄(huì gū)",所以庄子才说"蟪蛄不知春秋"。而柳永笔下"寒蝉凄切"的"寒蝉"则是秋蝉,声音低弱,故而又有一个成语叫"噤若寒蝉"。

## 约 客[①]

【宋】赵师秀

黄梅时节[②]家家雨,青草池塘处处蛙。

有约不来过夜半,闲敲棋子落灯花[③]。

### 注释

① 〔约客〕邀请客人相会。
② 〔黄梅时节〕五月,江南梅熟时大都是阴雨绵绵,故称为"梅雨季节"。
③ 〔落灯花〕旧时以油灯照明,灯芯燃烧过程中残落下来的小部分就像一朵小花。

### 译文

梅雨时节家家户户都被烟雨笼罩,长满青草的池塘边传来阵阵蛙声。已经过了午夜,约好的客人却还没有来,我无聊地敲着棋子,看着灯花一朵一朵落下。

## 导读

一个风雨交加的夏夜，诗人独自在家待客。雨声不断，蛙声一片，"热闹"之下，反而更显"寂静"。诗人耐心等待了许久，至夜深时分也难免有几分焦急。全诗写景寄情，表达了诗人含而不露的寂寞之情。

## 诗词小知识

### "黄梅时节家家雨"是为什么呢？

初夏时节，长江中下游流域经常出现连续的阴雨天气。器物易因此发霉，故称"霉雨"。此时又正值江南梅子黄熟之时，故亦称"梅雨"或"黄梅雨"。这期间，雨一旦下起来就连绵不断，少则几天，多则半个多月，空气湿度大，惹人讨厌。但这样不美好的天气，在北宋词人贺铸的《青玉案》中却别有滋味："若问闲情都几许？一川烟草，满城风絮，梅子黄时雨。"用连绵不断的梅雨来形容人们的寂寞感伤，可以说是恰到好处。

# 曲江①二首（其二）

【唐】杜 甫

朝回②日日典③春衣，每日江头尽醉归。

酒债寻常行处④有，人生七十古来稀。

穿花蛱蝶深深见，点水蜻蜓款款⑤飞。

传语风光⑥共流转⑦，暂时相赏莫相违⑧。

## 注释

① 〔曲江〕河名，在陕西西安市东南郊，是唐时游赏的好地方。

② 〔朝回〕上朝回来。

③ 〔典〕押当。

④ 〔行处〕到处。

⑤ 〔款款〕形容徐缓的样子。

⑥ 〔风光〕春光。

⑦ 〔共流转〕在一起停留盘旋。

⑧ 〔违〕违背，错过。

## 译文

每天退朝归来，都要典衣买酒。常常到曲江边举杯畅饮，大醉才归。到处都欠着酒债，那已经是寻常事了。人能够活到七十岁，自古以来都很少见。只看见蝴蝶在花丛深处飞来飞去，蜻蜓在水面慢慢地飞，时不时点水。我要把话传给世人，希望人们都能在这美好的春光中共同流连享乐，虽然只是暂时相赏，也不要错过啊！

## 导读

曲江又名曲江池，位于长安城南朱雀桥之东，是唐时长安城最大的名胜风景区，因而曲江的盛衰与大唐同频。写《曲江二首》时，安史之乱还在继续，杜甫任左拾遗。杜甫在诗中把曲江和大唐融为一体，用曲江的盛衰比大唐的盛衰，将所有的哀思寄托在曲江之上，也借写曲江表达了诗人对世事变迁的感慨。

## 诗词小知识

### 蝴蝶穿花、蜻蜓点水是为什么？

蝴蝶穿花，其实是在吸食花蜜。而蜻蜓点水，则是因为它在水上产卵。蜻蜓的卵，通常都会产在水草上，蜻蜓卵孵化成的幼虫，要在水里经过1年左右的漫长时间，蜕皮10次以上，才能爬上水草，逐渐长出翅膀，变成一只真正的蜻蜓，可以说是"历经磨难"。无论是在水里生活的幼年时期，还是蜕变为蜻蜓的成年时期，它们每天都能吃很多蚊子，是名副其实的"益虫"。所以，同学们可要保护好蜻蜓哦！

## 早发①白帝城②

**【唐】李 白**

朝③辞④白帝彩云间⑤,千里江陵⑥一日还⑦。

两岸猿声啼不住,轻舟已过万重山。

### 注释

① 〔发〕启程。

② 〔白帝城〕故址在今重庆市奉节县白帝山上。

③ 〔朝〕早晨。

④ 〔辞〕告别。

⑤ 〔彩云间〕因白帝城在白帝山上,地势高耸,从山下看,仿佛白帝城就在云间。

⑥ 〔江陵〕今湖北荆州市。

⑦ 〔还〕归,返回。

## 译文

清晨，我告别高耸入云的白帝城，远在千里的江陵只需要一日时间就能回到。两岸猿猴的叫声还在耳边不停息，轻快的小舟已经驶过重重青山。

## 导读

公元759年春天，李白因永王李璘案被流放至夜郎，途经重庆。行至白帝城的时候，他突然收到被赦免的消息，欣喜若狂，随即乘舟东下江陵。这首诗就是作者回到江陵时所作，所以此诗诗题也作"下江陵"。

## 诗词小知识

### 三峡的猿啼真的存在吗？

张九龄在《巫山高》中写道："唯有巴猿啸，哀音不可听。"杜甫在《登高》中写道："风急天高猿啸哀，渚清沙白鸟飞回。"可见，听到两岸猿声的不止有李白，古时候三峡地区确实有许多猿猴居住。只是近代，由于天灾、人祸与动物的迁徙，现在的三峡已经渐渐"不闻猿声"，来三峡旅游的人们，划轻舟、听猿声的向往也很难再实现。所以我们还是应该好好保护大自然，为猿猴创造更好的生态环境，如此，"楚国巫山秀，清猿日夜啼""白云抱危石，玄猿挂迥条"的三峡景致才有可能重现。

# 无 题

【唐】李商隐

相见时难别亦难,东风①无力百花残。

春蚕到死丝②方尽,蜡炬成灰泪始干。

晓镜但愁云鬓改,夜吟应觉③月光寒④。

蓬山⑤此去无多路,青鸟殷勤为探看。

## 注释

① 〔东风〕指春风。

② 〔丝〕与"思"谐音。

③ 〔应觉〕设想。

④ 〔月光寒〕指夜渐深。

⑤ 〔蓬山〕蓬莱山,指仙境。

## 译文

相见很难,离别更难,春风已吹尽力气,百花渐渐凋

残。春蚕直到死才吐尽蚕丝，蜡烛直到把自己烧成了灰，才把眼泪流干。我在清晨对镜梳妆担心双鬓颜色改变，夜晚吟唱该会觉得月光太过寒冷。蓬莱仙境距离这里没有多少路程，希望青鸟信使能为我殷勤探看。

## 导读

相见难得，离别更难，在东风无力、百花凋残的惆怅氛围里，诗人用春蚕之丝（思）和蜡炬之泪象征自己痴情凄苦的情感。全诗以"别"字为诗眼，通常认为这是一首以男女离别为题材创作的爱情诗。

## 诗词小知识

### 吐完了丝，春蚕就死了吗？

养过蚕宝宝的同学都知道，蚕吐完了丝，结成了茧，会把自己藏在茧中，这就算完成了自己幼虫时期的伟大使命了。但是，被包裹起来的蚕蛹并没有死哦，蚕属于完全变态的昆虫，一生要经过卵、幼虫、蛹、成虫四个阶段。当它在茧里孵化成蛾以后，最终它还是能够破茧而出。那么蚕到底什么时候才算死去呢？当蛾产卵结束，身体里的能量逐渐消耗殆尽，蚕的生命才算走到了尽头。

# 龟虽寿

【汉】曹 操

神龟①虽寿,犹有竟②时;

腾蛇③乘雾,终为土灰。

老骥④伏枥⑤,志在千里;

烈士⑥暮年,壮心不已。

盈缩⑦之期,不但在天;

养怡⑧之福,可得永年。

幸甚至哉⑨,歌以咏志。

## 注释

① 〔神龟〕传说中能活几千岁的通灵之龟。

② 〔竟〕终结,这里指死亡。

③ 〔腾蛇〕传说中与龙同类的神物,能乘云驾雾升天。

④ 〔骥〕良马,千里马。

⑤ 〔枥〕马槽。

⑥〔烈士〕有远大抱负的人。

⑦〔盈缩〕指人的寿命长短。盈，满，引申为"长"。缩，亏，引申为"短"。

⑧〔养怡〕指调养身心保持愉快。

⑨〔幸甚至哉〕庆幸得很，好极了。是乐府诗的一种形式性结尾。

## 译文

神龟虽然长寿，也有死亡的时候。腾蛇虽然能乘云飞行，最终也会死去化为土灰。年老的千里马虽然趴在马槽旁，它的雄心壮志却还是希望驰骋千里。有远大抱负的人即使到了晚年，奋发进取的雄心也不会止息。人的寿命长短，不只是由上天决定。只要调养好身心，也可以益寿延年。庆幸得很啊！就用诗歌来表达内心的志向吧！

## 导读

这首诗是曹操所写乐府组诗《步出夏门行》中的第四章。写这首诗时，曹操已经53岁，诗人却在诗中表达了自己老当益壮、积极进取的人生态度。诗歌融哲理思考和慷慨激情于一体，极具精神，颇负盛名。

## 诗词小知识

### 乌龟为什么能长寿？

人们常说"生命在于运动"，而乌龟却是"生命在于睡觉"。乌龟之所以长寿，一方面是因为它的生长速度缓慢，新陈代谢也慢，什么都"慢吞吞"的，所以老得慢。另一方面，作为冷血动物的乌龟是需要冬眠的，漫长的时间里，乌龟都在睡觉，体力消耗特别少，长时间的断食也很利于它保持状态，青春常驻。

## 鹿　鸣①

呦呦②鹿鸣，食野之苹。

我有嘉宾，鼓瑟吹笙。

吹笙鼓簧③，承筐④是将⑤。

人之好我，示我周行⑥。

呦呦鹿鸣，食野之蒿。

我有嘉宾，德音⑦孔⑧昭。

视民不恌⑨，君子是则⑩是效。

我有旨⑪酒，嘉宾式燕以敖⑫。

呦呦鹿鸣，食野之芩。

我有嘉宾，鼓瑟鼓琴。

鼓瑟鼓琴，和乐且湛⑬。

我有旨酒，以燕乐嘉宾之心。

### 注释

①选自《诗经·小雅》。

② 〔呦呦〕鹿的叫声。

③ 〔簧〕笙上的簧片。

④ 〔承筐〕指奉上礼品。

⑤ 〔将〕送，献。

⑥ 〔周行〕大道，引申为大道理。

⑦ 〔德音〕美好的品德声誉。

⑧ 〔孔〕很。

⑨ 〔视民不恌〕待人宽厚不轻佻。"视"同"示"。"恌"同"佻"。

⑩ 〔则〕法则，楷模，这里用作动词。

⑪ 〔旨〕甘美。

⑫ 〔式燕以敖〕式是语助词。燕，同"宴"。敖，同"遨"，嬉游。

⑬ 〔湛〕通"耽"，深厚。

### 译文

鹿儿呦呦欢鸣，在原野上悠然自得地啃食艾蒿。嘉宾来临，我将奏瑟吹笙宴请宾客。一吹笙管振簧片，捧筐献礼礼周到。人们对我真是友善，指示大道都乐意遵照。鹿儿呦呦欢鸣，在原野上悠然自得地啃食蒿草。嘉宾来临，品德高尚又显耀。示人榜样不轻浮，君子贤人纷纷来仿效。我有美酒香而醇，宴请嘉宾任逍遥。鹿儿呦呦欢鸣，在原野上悠然自得地啃食芩草。嘉宾来临，琴瑟奏乐。弹瑟奏琴相邀，融洽欢欣乐尽兴。我有美酒香而醇，宴请嘉宾心中乐陶陶。

## 导读

这首诗是古人在宴会上所唱的歌。据朱熹《诗集传》的说法，此诗原是君王宴请群臣时所唱，后来逐渐推广到民间，在乡人的宴会上也可唱。东汉末年曹操写《短歌行》，还引用了这首诗首章的前四句表达渴求贤才的愿望。

这首诗开头皆以鹿鸣起兴，自始至终都洋溢着欢快的气氛，体现了殿堂上嘉宾的琴瑟歌咏以及主客之间互敬互融的美好情景。

## 诗词小知识

### 小鹿爱吃什么？

"呦呦鹿鸣"，"食野之苹"，"食野之蒿"，"食野之芩"，诗中提到的这些食物都是蒿类植物。鹿是典型的草食性动物，平常会吃草、树皮、嫩枝、树叶、果实、苔藓和幼树苗，许多植物它都能吃。性情温和的小鹿不挑食，机灵又活泼可爱，出现在这首诗里，平添了许多平和欢快的意境。

# 竹　石①

【清】郑　燮

咬定②青山不放松，立根③原④在破岩⑤中。
千磨⑥万击⑦还坚韧，任⑧尔⑨东西南北风。

### 注释

① 〔竹石〕扎根在石缝中的竹子。郑燮（xiè）是著名画家，尤擅画竹，这是他题写在竹石画上的一首诗。

② 〔咬定〕比喻根扎得结实，像咬着青山不松口一样。

③ 〔立根〕扎根，生根。

④ 〔原〕原来。

⑤ 〔破岩〕裂开的山岩，即岩石的缝隙。

⑥ 〔磨〕折磨，磨炼。

⑦ 〔击〕打击。

⑧ 〔任〕任凭，无论，不管。

⑨ 〔尔〕你。

## 译文

竹子抓住青山一点也不放松，它的根牢牢地扎在岩石缝中。经历无数磨难和打击仍然坚韧，任凭你刮东西南北风。

## 导读

这是一首咏竹诗。前两句赞美立根于破岩中的劲竹的顽强生命力，后两句再进一层，写恶劣的环境对劲竹的磨炼与考验。"千磨万击""东西南北风"，极言考验之严酷。诗表面写竹，实际上是借物喻人，通过歌咏劲竹，表达了自己绝不随波逐流的高尚情怀，语言质朴，寓意深刻。

## 诗词小知识

**竹子为什么可以"立根原在破岩中"？**

竹子通常都生长在山中土壤里，但是如果遇到恶劣的环境，必须要"破岩"而出，它也能够在夹缝中生存。植物的根系"力气"很大，扎根越深的植物，"咬定青山不放松"，越有能量把岩石撑开，同时使裂缝逐步扩宽加深，变得越来越大，为自己争取生命的出路。就是这样强大的生物作用力，使得竹子既可以"立根破岩中"，又能够"任尔东西南北风"，顽强生长。

## 苏幕遮① · 怀旧

【宋】范仲淹

碧云天，黄叶地，秋色连波，波上寒烟翠。山映斜阳天接水，芳草②无情，更在斜阳外。

黯乡魂③，追旅思④，夜夜除非，好梦留人醉。明月楼高休独倚，酒入愁肠，化作相思泪。

### 注释

① 〔苏幕遮〕原唐教坊曲名，来自西域，后用作词牌名。
② 〔芳草〕这里暗指故乡，感叹故乡遥远。
③ 〔黯乡魂〕因思念家乡而黯然伤神。黯，形容心情忧郁。乡魂，即思乡的情思。语出江淹《别赋》："黯然销魂者，唯别而已矣。"
④ 〔追旅思〕撇不开羁旅的愁思。追，追随，这里有缠住不放的意思。旅思，旅居在外的愁思。思，心绪，情怀。

## 译文

天空碧蓝，黄叶落满地，秋色与秋波相连，水波上弥漫着空翠略带寒意的秋烟。夕阳映照着远山，天空连接着江水。不解思乡之苦的芳草，一直延伸到夕阳之外的天际。默默思念故乡黯然神伤，羁旅愁思穷追不舍，每天夜里除非是美梦才能留人入睡。当明月高悬时不要独倚高楼，把苦酒灌入愁肠，化为相思的眼泪。

## 导读

与一般婉约派的词风有所不同，这首词虽也写羁旅乡思之情，却意境深远，清人谭献誉之为"大笔振迅"之作。王实甫在《西厢记·长亭送别》中直接使用这首词的起首两句，衍为曲子，后来也成千古绝唱。

## 诗词小知识

### 为什么秋天植物会落叶？

北方的秋天，气候干燥，温度低，阳光少，雨水稀少，没有充足的水分，满足不了树木生长的需要。树木的绿叶，主要的作用是吸收太阳光进行光合作用制造养料，同时叶子会发生蒸腾作用。当外界水分不够，自身又不断蒸腾导致水分散失时，树木的生长就有点危险了。所以为了自我保护，树叶不得已要和树枝分离。及时落叶有利于减少叶片蒸腾造成的水分流失和养料消耗，落叶后，树木就可以较为安全地度过寒冷干燥的冬天了。

# 终南①望余雪

【唐】祖 咏

终南阴岭秀,积雪浮云端。

林表②明霁色③,城中增暮寒。

## 注释

① 〔终南〕山名,在陕西省西安市南面。

② 〔林表〕林梢。

③ 〔霁色〕雨后的阳光。

## 译文

终南山的北面,山色多么秀美;峰顶上的积雪,似乎浮在云端。雨雪晴后,树林表面一片明亮;暮色渐生,城中更觉寒冷。

## 导读

《终南望余雪》一诗从"望"字着眼，句句咏雪，写出了终南山的雪景以及雪后增寒的感受。诗人咏物寄情，意在言外，诗词清新明朗，朴实自然。

## 诗词小知识

### 为什么山有"阴岭""阳岭"？

在我国，山的南北风光大有不同。古人登顶时就曾发现"山之南山花烂漫，山之北白雪皑皑"的景象。可见，地表获得的太阳光不仅由低纬度向高纬度递减，不同坡向获得的太阳辐射也有差异。中国大部分地区位于北回归线以北，因此一年中大部分地区太阳都位于南侧。所以一般来说，我国山峰的南坡接受的太阳辐射相对比较多，称为"阳坡"，春天时草木早早就欣欣向荣。北坡受到的太阳照射较少，积雪融化较慢，称为"阴坡"，初春时就还可能出现"积雪浮云端"的景象。

# 望洞庭湖①赠张丞相②

【唐】孟浩然

八月湖水平,涵虚③混太清④。

气蒸云梦泽,波撼岳阳城⑤。

欲济无舟楫⑥,端居⑦耻圣明⑧。

坐观垂钓者,徒⑨有羡鱼情。

## 注释

① 〔洞庭湖〕中国第二大淡水湖,在今湖南省北部。

② 〔张丞相〕指张九龄,唐玄宗时宰相。

③ 〔涵虚〕包含天空,指天空倒映在水中。涵,包容。虚,虚空,空间。

④ 〔混太清〕与天混为一体。太清,指天空。

⑤ 云梦大泽水汽蒸腾,洞庭湖的波涛摇撼着岳阳城。云梦泽,古代云梦泽分为云泽和梦泽,指湖北南部、湖南北部一带低洼地区。洞庭湖是它南部的一角。岳阳城,在洞庭湖东岸。

⑥ 〔欲济无舟楫〕想渡湖而没有船只,比喻想

做官而无人引荐。济，渡。楫，划船用具，船桨。

⑦〔端居〕闲居。

⑧〔圣明〕指太平盛世，古时认为皇帝圣明，社会就会安定。

⑨〔徒〕只能。

### 译文

八月湖水盛涨，几乎与岸齐平，水天混沌，水面与天空浑然一体。云梦大泽水气蒸腾，一片白茫茫的景象，波涛汹涌，似乎把岳阳城都撼动。想要渡水却没有船只，闲居不仕，有愧于圣明天子。坐看垂钓之人多么悠闲自在，可惜只能空怀一片羡鱼之情。

### 导读

此诗是一首投赠之作，诗人面对烟波浩渺的洞庭湖发出欲渡无舟的感叹，看到垂钓之人产生临渊羡鱼的情怀。这首诗曲折地表达了诗人希望张九龄予以援引之意。前四句写洞庭湖壮丽的景象和磅礴的气势，后四句是借此抒发自己的政治热情。全诗以"望洞庭湖"起兴，由"欲济无舟楫"过渡，对洞庭湖进行了泼墨山水般的大笔渲绘，呈现出八百里洞庭的辽阔境象与壮伟景观，达到撼人心魄的艺术效果。

## 诗词小知识

### 为什么会出现"气蒸云梦泽"的现象？

这是蒸发现象。影响蒸发的因素有：温度、液体表面积和液体表面上的空气流速。"八月湖水平"，诗的第一句就为我们交代了蒸发的条件。在古代曾有"八百里洞庭"的说法，洞庭湖水域面积大约2579.2平方公里，是中国第二大淡水湖。八月正是盛夏，阳光猛烈，温度攀升，广袤的湖面上，湖水很容易就蒸发成水蒸气，因此洞庭湖面会出现"气蒸云梦泽"的壮观景象。

# 夜雨寄北①

【唐】李商隐

君②问归期③未有期,巴山④夜雨涨秋池⑤。

何当⑥共⑦剪西窗烛⑧,却话⑨巴山夜雨时。

## 注释

① 〔寄北〕写诗寄给北方的人。诗人当时在巴蜀(现在四川省),他的亲友在长安,所以说"寄北"。这首诗表达了诗人对亲友的深刻怀念。

② 〔君〕对对方的尊称,相当于现代汉语中的"您"。

③ 〔归期〕指回家的日期。

④ 〔巴山〕指大巴山,在陕西南部和四川东北交界处。这里泛指巴蜀一带。

⑤ 〔秋池〕秋天的池塘。

⑥ 〔何当〕什么时候。

⑦ 〔共〕副词,用在谓语前,表示动作行为是由两个或几个施事者共同发生的。可译为"一起"。

⑧ 〔剪西窗烛〕剪烛,剪去燃焦的烛芯,使灯光明亮。这里形容深夜

秉烛长谈。"西窗话雨""西窗剪烛"用作成语,所指也不限于夫妇,有时也用以写朋友间的思念之情。

⑨〔却话〕回头说,追述。

## 译文

你问我回家的日期,我还没有确定,此刻巴山的夜雨淅淅沥沥,雨水已涨满秋池。什么时候我们才能一起秉烛长谈,相互倾诉今宵巴山夜雨中的思念之情。

## 导读

《夜雨寄北》是诗人身居异乡巴蜀时以诗的形式写给远在长安的妻子(一说友人)的复信。诗即兴写来,写出了作者刹那间情感的曲折变化。语言朴实,在遣词、造句上看不出修饰的痕迹。与李商隐的大部分诗词所表现出来的辞藻华美,用典精巧,长于象征、暗示的风格不同,这首诗质朴、自然,同样也具有"寄托深而措辞婉"的艺术特色。全诗构思新巧,跌宕有致,言浅意深,语短情长,具有含蓄的力量,千百年来吸引着无数读者,令人百读不厌。

## 诗词小知识

### 何为"巴山夜雨"?

"夜雨"通常是指晚八时到第二天早晨八时下的雨。重庆北碚的缙云山,古时候就叫"巴山",这里的夜雨现象特别频繁。据说四川盆地西部的峨眉山,一年中有近七成的时间出现夜雨。

那么,夜雨是如何形成的呢?原来,四川盆地四周山地环绕,空气潮湿,天空多云。白天,云层遮挡了部分太阳辐射,云下气温不易升高,不容易对流成雨。到了晚上,云层上部迅速变冷,盆地内由于遮挡,热量流失较慢,相对比较暖和,上冷下暖,就容易发生对流形成"夜雨"。此外,夜间受山风影响,空气由山坡流向山谷,在谷地汇集上升,加强了对流运动,所以"巴山"就更容易下夜雨了。

# 使至塞上①

【唐】王　维

单车②欲问边，属国③过居延④。

征蓬⑤出汉塞，归雁入胡天。

大漠⑥孤烟直，长河⑦落日圆。

萧关⑧逢候骑⑨，都护⑩在燕然⑪。

## 注释

① 〔使至塞上〕奉命出使边塞。使，出使。

② 〔单车〕一辆车，车辆少，这里形容轻车简从。问边，到边塞去察看，指慰问守卫边疆的官兵。

③ 〔属国〕有几种解释：一指少数民族附属于汉族朝廷而存其国号者，汉、唐两朝均有一些属国。二指官名，秦汉时有一种官职名为典属国，苏武归汉后即授典属国官职，唐人有时以"属国"代称出使边陲的使臣。

④ 〔居延〕地名。

⑤ 〔征蓬〕随风飘飞的蓬草，

此处为诗人自喻。

⑥〔大漠〕大沙漠，此处大约是指凉州之北的沙漠。

⑦〔长河〕指流经凉州（今甘肃武威）以北沙漠的一条内陆河，这条河在唐代叫马成河，疑即今石羊河。

⑧〔萧关〕古关名，又名陇山关，故址在今宁夏固原东南。

⑨〔候骑〕负责侦察、通讯的骑兵。王维出使河西并不经过萧关，此处大概是用何逊诗"候骑出萧关，追兵赴马邑"之意，非实写。

⑩〔都护〕唐朝在西北边疆置安西、安北等六大都护府，其长官称"都护"。这里指前敌统帅。

⑪〔燕然〕燕然山，即今蒙古国杭爱山。东汉窦宪北破匈奴，曾于此刻石记功。这里代指前线。

## 译文

乘单车想去慰问边关，路经的属国已过居延。千里飞蓬也飘出汉塞，北归大雁正翱翔云天。浩瀚沙漠中孤烟直上，无尽黄河上落日浑圆。到萧关遇到侦候骑士，告诉我都护已在燕然。

## 导读

《使至塞上》是唐代诗人王维奉命赴边疆慰问将士

途中创作的记行诗,记述了出使塞上的旅程以及旅程中所见的塞外风光,境界阔大,气象雄浑,既反映了边塞生活,也表达了诗人由于被排挤而产生的寂寞、悲伤之情,以及在大漠的雄浑景色中情感得到熏陶、净化、升华后产生的慷慨悲壮之情,显露出一种豁达情怀。

## 诗词小知识

### 常有大风的沙漠为什么能见到"孤烟直"?

唐玄宗开元二十五年(737),诗人王维到边塞地区慰问将士,途中写下"大漠孤烟直,长河落日圆"的名句。"大漠孤烟直"到底是诗人的想象还是真实所见呢?千百年来常常为人们所争论。要知道塞外黄沙漫天,植被稀少,能形成烟的话,一般只有两种:炊烟和狼烟。而无论是哪一种烟,在荒漠中要能垂直上升,都只能是"无风"的标志。王维的运气不错,没有在这里遇到狂风大作、飞沙走石的状况。不过,也有学者提出，沙漠戈壁常有大风，真正无风的日子其实非常难得，所以"孤烟直"很有可能是沙漠中的小旋风，王维第一次见，就误认为是烟雾直升了。

# 题西林壁[①]

**【宋】苏 轼**

横看[②]成岭侧成峰,远近高低各不同。
不识庐山真面目,只缘[③]身在此山中。

## 注释

① 〔题西林壁〕写在西林寺的墙壁上。西林寺在庐山西麓。题,书写。西林,西林寺,在江西庐山。
② 〔横看〕从正面看。庐山总是南北走向,横看就是从东面或西面看。
③ 〔缘〕因为,由于。

## 译文

从正面看庐山,山岭连绵起伏,从侧面看,则山峰耸立,从远处、近处、高处、低处观看都呈现出不同的样子。辨不清庐山真正的面目正是因为身处庐山之中。

## 导读

这是一首写景诗,又是一首哲理诗。全诗紧紧扣游山的主题,谈自己独特的感受,借助庐山的形象,用通俗的语言深入浅出地表达哲理,故而亲切自然,耐人寻味。

## 诗词小知识

### "山岭"和"山峰"有什么不同?

"岭"指的是相连的山,一座座山相连在一起就形成了连绵的山岭,坡度较为和缓。"峰"则是高而尖的山头,指的是单一的一座山的最高点,往往坡度大、陡峭高耸。如:喜马拉雅山是山脉,它的最高山峰是珠穆朗玛峰。庐山并不是一座孤立的山,而是由地壳断裂上升形成的断块山,所以横着看庐山,它就是一条连绵的山岭,侧着看庐山,看见的就是它高而尖的山峰。

# 虞美人① (其二)

【五代】李 煜

春花秋月何时了②？往事知多少？小楼昨夜又东风，故国③不堪回首月明中。雕栏玉砌④应犹在，只是朱颜改⑤。问君⑥能有几多愁？恰似一江春水向东流。

## 注释

① 〔虞美人〕原为唐教坊曲，后用为词牌名。又名"一江春水""玉壶水""巫山十二峰"等。双调，五十六字，上下片各四句，皆为两仄韵转两平韵。

② 〔了〕了结，完结。

③ 〔故国〕指南唐故都金陵（今江苏南京）。

④ 〔雕栏玉砌〕即雕花的栏杆和玉石砌成的台阶，这里泛指南唐宫殿。阑，一作"栏"。砌，台阶。应犹，一作"依然"。

⑤ 〔朱颜改〕指所怀念的人已衰老，

暗指亡国。朱颜，红颜，年轻的容颜，指美人。一说泛指人。
⑥〔君〕作者自称。

## 译文

春花年年开放，秋月年年明亮，时光什么时候才会停止呢？在过去的岁月里，有太多令人伤心难过的往事。小楼昨夜又有东风吹来，登楼望月又忍不住回首故国。旧日金陵城里精雕细刻的栏杆、玉石砌成的台阶应该还都在吧，只不过里面住的人已经换了。要问心中的愁恨有多少，大概就像东流的滔滔春水一样，无穷无尽。

## 导读

此词为作者绝笔，是一曲生命的哀歌，作者借自然永恒与人生无常的尖锐矛盾，抒发了亡国后顿感生命落空的悲哀。全词语言明净、凝练、优美、清新，以问起，以答结，由问天、问人而到自问，凄楚中不无激越的音调和曲折回旋、流走自如的艺术结构，使作者沛然莫御的愁思贯穿始终，形成沁人心脾的美感效应。

## 📖 诗词小知识

### 江水为什么向东流？

无论是李煜在这首词里写的长江水，还是黄河水，在中华大地上都是自西向东流淌的。而之所以会是这样的流向，主要是受到中国地形的影响。我国地形有三大阶梯，"世界屋脊"青藏高原是第一阶梯，中部山地是第二阶梯，东部平原是第三阶梯。长江也好，黄河也罢，都发源于青藏高原，它们自高处向低处流，显然是自西向东流。但是要注意，并不是世界上所有的江水都向东流，印度河、恒河就是向西流的。可见，一江春水向东流不是永恒不变的，"水往低处流"才是真理。

## 望庐山瀑布

【唐】李 白

日照香炉①生紫烟②,遥看③瀑布挂④前川⑤。

飞流直⑥下三千尺⑦,疑⑧是银河⑨落九天。

### 注释

① 〔香炉〕指香炉峰。

② 〔紫烟〕指日光透过云雾,远望如紫色的烟云。

③ 〔遥看〕从远处看。

④ 〔挂〕悬挂。

⑤ 〔川〕河流,这里指瀑布。

⑥ 〔直〕笔直。

⑦ 〔三千尺〕形容山高。这里是夸张的说法,不是实指。

⑧ 〔疑〕怀疑。

⑨ 〔银河〕古人指银河系构成的带状星群。

## 译文

香炉峰在阳光的照射下生起紫色烟霞,从远处看去,瀑布好似白色的绢绸悬挂在山前。从几千尺的高崖上飞腾直落,不禁让人怀疑这是从天上泻落到人间的银河。

## 导读

唐代大诗人李白望庐山瀑布时创作了两首诗,一为五言古诗,一为七言绝句,此为第二首。这首诗紧扣题目中的"望"字,以庐山的香炉峰入笔描写庐山瀑布之景,用"挂"字突出瀑布如珠帘垂空,以高度夸张的艺术手法,把瀑布勾画得传神入化,然后细致地描写瀑布的具体景象,将飞流直泻的瀑布描写得雄伟奇丽,气象万千,宛如一幅生动的山水画,可谓字字珠玑。

## 诗词小知识

### 瀑布是怎么形成的？

俗话说"人往高处走，水往低处流"，瀑布正是"水往低处流"的最直观表现。瀑布的别称"跌水"以及瀑布的英文名称"waterfall"都有水流下落之意，生动形象，即指水流或冰流，从陡崖上倾泻而下，近似发生自由落体运动，跌落下来的现象。一条河流翻过一个悬崖峭壁，就形成了一个瀑布。如果河流的水量足够大，就会形成壮观的大瀑布。水流落差越大，蕴含的势能也就越大，越有利于发电。所以很多地方利用天然的瀑布地貌修建水电站。水电站建成后，泄水闸口也可以形成瀑布，成为一种人造景观。

# 美食篇

# 临安春雨初霁①

【宋】陆 游

世味②年来薄似纱，谁令骑马客③京华④？

小楼一夜听春雨，深巷明朝卖杏花。

矮纸斜行⑤闲作草，晴窗⑥细乳⑦戏分茶。

素衣⑧莫起风尘叹⑨，犹及清明可到家。

## 注释

① 〔霁〕雨后或雪后转晴。

② 〔世味〕人世滋味，社会人情。

③ 〔客〕客居，原作"驻"，据钱仲联校注本改。

④ 〔京华〕京城之美称，这里指临安（今浙江杭州）。因京城文物、人才汇集，故称"京华"。

⑤ 〔斜行〕倾斜的行列。

⑥ 〔晴窗〕明亮的窗户。

⑦ 〔细乳〕沏茶时水面呈白色的小泡沫。

⑧ 〔素衣〕原指白色的衣服，这里用

作代称。是诗人对自己的谦称（类似于"素士"）。

⑨〔风尘叹〕因风尘而叹息。暗指不必担心京城的不良风气会污染自己的品质。

## 译文

近年来做官的兴味淡得像一层薄纱，谁又让我乘马来到京都作客沾染繁华？在小楼听了一夜淅淅沥沥的春雨，清晨，小巷深处传来小贩叫卖杏花的声音。我铺开小纸从容地写起草书，在晴日的窗前煮水、沏茶、撇沫、品茗。不要叹息这京都的尘土会弄脏洁白的衣衫，清明时还来得及回到镜湖边的山阴故家。

## 导读

陆游写这首诗时已六十二岁，在家乡山阴（今浙江绍兴）赋闲了五年。少年时的意气风发与壮年时的裘马轻狂，都随着岁月的流逝一去不返了。虽然他光复中原的壮志未衰，但已看清偏安一隅的南宋小朝廷的软弱与黑暗。公元1186年春，陆游奉命赴严州做官，赴任之前，先到临安（今浙江杭州）觐见皇帝，在西湖边上的客栈里听候召见，在百无聊赖中，写下了这首广泛传诵的名作。

## 诗词小知识

### 古人也喝"奶茶"吗？

最早古人认为茶叶是一种草药，千百年来人们一直喝的是茶叶粉末做成的茶汤。唐朝时人们还在碾得细碎的茶叶里加入其他佐料，如盐、姜、橘子皮等，制成各种茶汤美食。茶客将茶汤连茶渣一起喝下去，称之为"吃茶"。后来，以茶学家陆羽为代表的文人派主张品茶要品本味，煮茶只用清水，"茶道"兴起。生活在西北地区的少数民族很早就尝试把牛奶加入茶汤，制作香气四溢的"奶茶"。同学们现在爱喝的奶茶，古人其实早就喝过啦。不过，诗中的"细乳"是指宋人点茶时将茶末放入盏中，缓注沸水，用茶筅搅动，茶汤表面出现的白色浮沫。

## 南陵①别儿童入京

【唐】李 白

白酒②新熟山中归,黄鸡啄黍秋正肥。

呼童烹鸡酌白酒,儿女嬉笑牵人衣。

高歌取醉欲自慰,起舞落日争光辉③。

游说(shuì)④万乘(shèng)⑤苦不早⑥,著鞭跨马涉远道。

会稽愚妇轻买臣⑦,余亦辞家西入秦⑧。

仰天大笑出门去,我辈岂是蓬蒿人⑨。

### 注释

① 〔南陵〕一说在东鲁,曲阜县南有陵城村,人称"南陵";一说在今安徽省南陵县。
② 〔白酒〕古代酒分清酒、白酒两种。
③ 此句意指人逢喜事光彩焕发,与日光相辉映。
④ 〔游说〕战国时,有才之人以口辩舌战打动诸侯国君主,劝说君主采纳自己

的政治主张。

⑤〔万乘〕君主。周朝制度，天子地方千里，车万乘。后来称皇帝为"万乘"。

⑥〔苦不早〕意思是恨不能早些年头见到皇帝。

⑦〔买臣〕即朱买臣，西汉会稽郡吴（今江苏省苏州市境内）人。传言其妻子崔氏因嫌其贫穷，逼其写休书，后朱买臣发迹，崔氏羞愧难当，悔不当初。

⑧〔西入秦〕即从南陵动身西行到长安去。秦，指首都长安，春秋战国时为秦地。

⑨〔蓬蒿人〕草野之人，也就是没有当官的人。蓬、蒿都是草本植物，这里借指草野民间。

## 译文

白酒刚刚酿好时我从山中归来，黄鸡啄着谷粒，正是秋熟之际。呼唤童仆为我炖黄鸡斟上白酒，孩子们嬉笑着牵扯我的布衣。一面高歌，一面痛饮，欲以酣醉表达快慰之情；醉而起舞，闪闪的剑光可与落日争辉。恨不能早年就见到皇帝，只能快马加鞭，奋起直追，奔上远道。有很多人像会稽愚妇轻视朱买臣一样轻视我，但是我今天也要奉诏入京，辞家西去了。

我一边仰面朝天地纵声大笑,一边走出门去,感叹自己怎么会是那长期身处草野之人?

### 📚 导读

李白素有远大的抱负,他立志要"申管晏之谈,谋帝王之术,奋其智能,愿为辅弼,使寰区大定,海县清一"。但他的志向在很长时间里都没有得到实现的机会。所以当他得到唐玄宗召他入京的诏书时异常兴奋,以为实现自己政治理想的时机到了。李白立刻回到南陵家中,与儿女告别,并写下了这首激情洋溢的七言古诗。全诗充分表达了诗人实现抱负的喜悦心情和豪迈自得的心境。

### 🌐 诗词小知识

**李白喝过多少种酒?**

李白现存诗一千多首,其中带有"酒"字的占了五分之一,他称自己为"酒剑仙"真是一点不为过。李白诗词中提到的酒有多种,如上面这首诗提到的"白酒","金樽清酒斗十千"里的"清酒","东山春酒绿"里的"春酒","鲁酒不可醉"里的"鲁酒","送行奠桂酒"里的"桂酒"等。其中,白酒与清酒为白醪酒,是一种高级美酒;春酒是冬醪酒,冬天酿造,春天饮用。鲁酒是山东酒,桂酒以桂花入酒,香气逼人。"恰似葡萄初酦醅"则说明了李白还喝过葡萄酒,甚至可能见过葡萄酒的酿造过程。这也说明唐朝时酒的种类繁多,品类丰富。

# 猪肉颂

【宋】苏 轼

净洗铛<sup>①</sup>，少著水，柴头<sup>②</sup>罨<sup>③</sup>烟焰不起。待他自熟莫催他，火候足时他自美。黄州好猪肉，价贱如泥土。贵者不肯吃，贫者不解<sup>④</sup>煮，早晨起来打两碗，饱得自家君莫管。

## 注释

① 〔铛〕锅。
② 〔柴头〕柴禾，做燃料用的柴木、杂草等。
③ 〔罨〕掩盖，掩覆。
④ 〔解〕了解。

## 译文

洗干净锅，放少许水，燃上柴木、杂草，抑制火势，用不冒火苗的虚火来煨炖。

等待它自己慢慢地熟，不要催它，火候足了，自然滋味极美。黄州有这样好的猪肉，价钱却便宜得像泥土一样；富贵人家不肯吃，贫困人家又不会煮。我早上起来打上两碗，填饱自己的肚子，您莫要理会。

## 导读

传言"东坡肉"起源于苏轼被贬黄州时，当地百姓过年过节有吃红烧肉的传统。为此苏轼写了一篇《猪肉颂》。所谓"待他自熟莫催他，火候足时他自美"，煮猪肉，只要方法得当，缓缓煨炖，到了时候，它自然滋味醇厚，美不可言。这两句说的是煮肉，而当我们联想到人生的时候，发现人生的成熟感悟也是需要时间的。好大喜功、心浮气躁，得到的可能是一时的"战果"，最终却换来失败的结局。

"黄州好猪肉，价贱如泥土。贵者不肯吃，贫者不解煮。"人生的精彩往往就在平淡的日常生活当中。像猪肉这样司空见惯的食物，人们并不觉得里边有什么奥秘可寻；炖煮猪肉这样的家常之事，人们也往往会忽视其中精益求精的可能性。

## 诗词小知识

### "东坡肉"是怎么做的？

相传苏轼被贬黄州时，当地的百姓有过节吃红烧肉的传统，为此苏东坡作了这篇《猪肉颂》。

其实，人们现在所吃的"东坡肉"，比起当时苏轼的做法，已有很大改进。用雪豆、葱、绍酒、姜、盐等佐料调味，把肉在微火上煨炖约3小时，直至用筷子轻轻一戳肉皮即烂为止。苏东坡在煨炖时具体用了多少时间，我们已经不得而知。但是，从这篇《猪肉颂》里，我们可以发现他的烹饪秘诀——"柴头罨烟焰不起"。慢火煨炖，这是"东坡肉"的精髓，没有了这微火煨炖之法，也就失去了"东坡肘子"的"灵魂"。这是苏轼在实践中不断摸索的结果。若是用急火，不但容易将猪肉煮焦，而且不能入味。用微火慢慢煮烂，不但吃起来好消化，而且口感佳，五味俱全。

## 食 雉

【宋】苏 轼

雄雉曳修尾，惊飞向日斜。

空中纷格斗，彩羽落如花。

喧呼勇不顾，投网谁复嗟①。

百钱得一双，新味时所佳。

烹煎杂鸡鹜，爪距漫槎牙②。

谁知化为蜃③，海上落飞鸦。

### 注释

① 〔嗟〕叹息。

② 〔槎牙〕错落不齐的样子。

③ 〔化为蜃〕变成蛤蜊。蜃，大蛤蜊。冬天野鸡消失，海边出现蛤蜊，因蛤蜊线条花纹与野鸡相似，故古人有"雉入大水为蜃"一说。

## 译文

雄鸡们拖着修长的尾巴，在日落时分飞来跳去，在空中互相格斗，斗争中掉落的彩色羽毛如同落花。它们喧闹、勇武、不顾其他，等到被网捕获，谁还能再嗟叹呢？花一百钱就可以买两只野鸡，鲜美的味道正当时，和其他的禽类一起烹饪煎煮，煮成脚爪交错、错落不齐的样子。谁知野鸡入海竟然会化为蜃，前来觅食的乌鸦，纷纷落到海上。

## 导读

古人在捕食野禽方面有丰富的经验。在这首诗中两只野鸡只顾着斗殴而忽略了捕猎者的靠近而被捕获。让我们看看苏轼是怎么烹饪这两只鸡的呢？

## 诗词小知识

**现在还可以抓"雉鸡"吗？**

在遥远的古代，人们常常狩猎打野，因而在

捕猎野味山珍上有非常丰富的经验。野鸡，也叫"雉鸡""山鸡"，是动物学上雉鸡类动物的俗称。据说，汉代吕太后名雉，为了避开她的名讳，全国将雉鸡统称为野鸡。野鸡肉质鲜嫩，味道鲜美，因此成为古人煎煮炒炖的美味佳肴。苏轼所吃的野鸡，是斗殴互伤被其渔翁得利所获，虽然苏轼把这意外收获的野鸡拿去和其他禽类同煮，但依然掩盖不住野鸡的美味。不过，现如今野鸡已经是国家二级保护动物了，同学们可千万不能学苏轼捉野鸡啦。

## 道上见村民聚饮

【宋】陆 游

霜风利如割，霜叶净如扫。

正当十月时，我行山阴①道。

场功②俱已毕，欢乐无壮老。

野歌相和答，村鼓更击考③。

市垆(lú)④酒虽薄，群饮必醉倒⑤。

鸡豚治羹胾(zī)⑥，鱼鳖杂鲜薧(kǎo)⑦。

但愿时太平，邻里常相保。

家家了租税，春酒⑧寿翁媪(ǎo)⑨。

### 注释

① 〔山阴〕在浙江绍兴境。《世说新语》载："从山阴道上行，山川自然映发，使人应接不暇。若秋冬之际，尤难为怀。"

② 〔场功〕指修场、晒打粮食等农事。《国语》载："野有庾(yǔ)

积,场功未毕。"

③〔考〕敲击。

④〔市垆〕市中沽酒处也。

⑤〔醉倒〕酣醉倾跌貌。

⑥〔胾〕大块的肉。《诗经》载:"毛炰胾羹,笾豆大房。"

⑦〔鲜薧〕鲜,指生鱼。薧,指干鱼。《周礼·天官》载:"辨鱼物为鲜薧,以共王之膳。"

⑧〔春酒〕酒名。冬天酿造,春天饮用,故得此名,亦谓"冻醪"。

⑨〔翁媪〕长者之称。辛弃疾《清平乐·村居》:"醉里吴音相媚好,白发谁家翁媪。"

## 译文

秋风如同锋利的刀剑,地上的霜叶却干净整洁。正是十月的时候,我走在山阴道上。农事都已经做完,无论年轻或年长,大家都一样欢乐。人们唱起山歌相互应答,敲击村鼓。市集上卖的酒虽薄淡,一群人一起喝却必然醉倒。把鸡肉豚肉做成肉羹,把鱼鳖做成生鱼片或干肉片。但愿世间总是太平,邻里之间互相保护,家家都交完了租税,老人都能用春酒祝寿。

## 导读

　　这首诗描写了旅途中的场景和生活，描绘了自己完成了劳动之后的欢乐场面，描述了市集上人们用简单的食物来庆祝这种欢乐，同时表达了对平安幸福的期望，希望邻里间可以和睦相处，家家户户都能够安享天伦之乐。总的来说，这首诗表达了诗人对简单而愉快生活的向往和渴望。

## 诗词小知识

### "肉羹"是一种什么食物？

　　《尔雅》曰："肉谓之羹。"最早"羹"是很浓的肉汁，以各种肉作为主要材料，有时候也加一点谷物。比如这首诗提到的鸡肉和豚肉做羹。隋唐以后，烹饪方法越来越多样，羹在菜肴中不再处于最主要地位，却成为文人雅士笔下的雅食，如《山家清供》里写到各类雅羹有十多种，如用笋做成的"玉带羹"，用芙蓉花和豆腐配合做的"雪霞羹",张翰的"鲈鱼莼羹"也叫"锦带羹"等等。古语有云:"有饭即应有羹,无羹则饭不能下。"可见在古人眼里,"羹"是非常下饭的呢。

# 渔歌子（其二）

【唐】张志和

西塞山①前白鹭②飞，桃花流水③鳜(guì)鱼肥。

青箬笠④，绿蓑衣⑤，斜风细雨不须归。

## 注释

① 〔西塞山〕在浙江省湖州市西面。
② 〔白鹭〕一种水鸟。
③ 〔桃花流水〕桃花盛开的季节正是春水盛涨的时候，俗称"桃花汛"或"桃花水"。
④ 〔箬笠〕竹叶编的笠帽。
⑤ 〔蓑衣〕用草或棕编制成的雨衣。

## 译文

西塞山前白鹭在自由地飞翔，江岸桃花盛开，春水初涨，水中鳜鱼肥美。渔翁头戴青色的箬笠，身披绿色的蓑衣，冒

着斜风细雨，怡然垂钓，用不着回家。

## 导读

此词作于唐代宗大历八年（773）春。这一年颜真卿任湖州刺史，张志和驾舟往谒，时值暮春，桃花水涨，鳜鱼水美，他们即兴唱和。张志和首唱，作词五首，这首词是其中之一。这首词于唐宪宗时一度散失，唐穆宗长庆三年（823），李德裕得之，将其著录于《玄真子渔歌记》一文中，流传至今。此词通过对自然风光和渔人垂钓的赞美，表现了作者向往自由生活的心情。前两句点明渔人垂钓的地点和季节，描写了山、水、鸟、花、鱼，勾勒了优美的垂钓环境，为人物出场作好铺垫；后三句描写渔人捕鱼的情态，结句的"斜风细雨"既是实写景物，又另含深意。全词格调清新，意境脱俗，色泽鲜明又显得柔和，气氛宁静但又充满活力。

## 诗词小知识

### 古人爱吃什么鱼？

写鱼的古诗特别多，单是《诗经》就提到了20多种鱼，足见古代鱼类品种之繁多。"江上往来人，但爱鲈鱼美"，可见没有人能不为鲈鱼的肉嫩鲜美而折服。鲈鱼的做法以清蒸最为常见，因为这样能最大程度地保留鱼肉的鲜美香嫩，令人回味无穷。"桃花流水鳜鱼肥"，每年春天鳜鱼最为肥美，鳜鱼大刺整齐，小刺极少，便于入口。名菜"松鼠鳜鱼"就是在鱼身上刻上花纹后放入热锅炸嫩，再浇上糖醋卤汁。最后做成的鱼形状似松鼠，因而得名。河豚、鲫鱼、刀鱼被称为"长江三鲜"。河豚是三鲜之首，肉质极为鲜美肥嫩，无刺，无腥，口舌留香，营养价值极高。鲫鱼是鱼中贵族，美味金贵，受全民追捧，可惜多刺。刀鱼的繁衍数量逐渐减少，野生刀鱼的美味，我们如今已不能品尝了，只能在餐桌上尝到养殖刀鱼了。

# 秋下荆门①

【唐】李　白

霜落荆门江树空②，布帆无恙③挂秋风。

此行不为鲈鱼鲙④，自爱名山入剡中⑤。

## 注释

① 〔荆门〕山名，位于今湖北省宜都市西北的长江南岸，与北岸虎牙山隔江对峙，地势险要，自古即有楚蜀咽喉之称。

② 〔空〕指树枝叶落已尽。

③ 〔布帆无恙〕东晋画家顾恺之从他的上司荆州刺史殷仲堪那里借到布帆，驶船回家，行至破冢，遭大风，他写信给殷仲堪，说："行人安稳，布帆无恙。"此处表示旅途平安。

④ 〔鲈鱼鲙〕运用《世说新语·识鉴》的典故：西晋吴人张翰在洛阳做官时，见秋风起，想到家乡莼菜、鲈鱼鲙的美味，遂辞官回乡。

⑤ 〔剡中〕指今浙江省嵊州市一带。《广博物志》载："剡中多名山，可以避灾。"

## 译文

秋霜落在荆门,树叶零落,江面开阔,秋风也为我送行,使我的旅途平安。这次远离家乡的旅程,不是为了口舌之贪,而是为了游览名山大川,想去剡中这个地方。

## 导读

荆门,山名,在今湖北宜都市西北的长江南岸,隔江与虎牙山对峙,战国时为楚国的西方门户。乘船东下过荆门,就意味着告别了巴山蜀水。这首诗写于诗人第一次出蜀远游时。对锦绣前程的憧憬,对新奇而美好的世界的幻想,使他战胜了对峨眉山月的依恋,去热烈地追求理想中的未来。诗中洋溢着积极而浪漫的情感。

## 诗词小知识

### "鲈鱼脍"是什么典故？

孔子曾说："食不厌精，脍不厌细。""休说鲈鱼堪脍，尽西风，季鹰归未？"一句也提到了"鲈鱼脍"。那么"鲈鱼脍"到底是什么呢？其实指的是切得很细的鲈鱼肉。切细的鱼肉脍有生脍和熟脍。人们一般会吃的生脍大多是生鱼片，即鱼生。晶莹剔透、滑嫩有层次的生鱼片蘸着调料吃，色香味俱全。晋书曾经记载，张翰看到秋风吹起，思念起吴地的莼菜、莼羹、鲈鱼脍等家乡美味，于是放弃功名爵位，令人驾车回归故里，这就是"莼鲈之思"。后来人们多用这个成语比喻淡泊名利和爱乡守家的心情。

# 鹧鸪天·送欧阳国瑞①入吴中

【宋】辛弃疾

莫避春阴上马迟，春来未有不阴时②。人情展转③闲中看，客路崎岖倦后知。　　梅似雪，柳如丝。试听别语慰相思。短篷炊饭鲈鱼熟，除却松江枉费诗④。

### 注释

① 〔欧阳国瑞〕江西铅山人。

② 此句谓人日前后春寒天阴。此处化用杜甫《人日两篇·其一》中的"元日到人日，未有不阴时"。

③ 〔人情展转〕指人情冷暖、世态炎凉。展转，反复，变化。

④ "短篷"二句，言友人此去吴中，正是景佳鲈美之地。用西晋张翰弃官南归的典故。《世说新语·识鉴》谓张翰在洛阳为官，见秋风起，因思吴中莼菜羹、鲈鱼脍，说："人生贵得适意耳，何能羁宦数千里以要名爵。"遂弃官南归。

短篷，矮篷，代指小船。炊饭，一作"炊饮"。松江，吴淞江的古称，一名松陵，又名笠泽，源出苏州之太湖，盛产鲈鱼，味尤美。南宋范成大写诗称赞松江鲈鱼："雪松酥腻千丝缕，除却松江到处无。"

## 译文

不要因为春季的阴天而延误了行程，毕竟春天来了以后就总是连日阴天。只有在无权无势的时候才能看清人情冷暖，如同走完崎岖的山路，才能体验行路的疲倦劳累。梅花似雪，春柳如丝，好像在安慰你不要为离别而忧愁。你将要去的吴中是景佳鲈美之地，可以在松江上坐着小船，饱尝佳肴美酒，吟诗作赋。

## 导读

欧阳国瑞是辛弃疾的友人，将要前往吴中（今江苏苏州），辛弃疾写下这首词为他送行。全词虽是写送别，却并未过多渲染离别之苦，尤其是听别语以慰相思，写得缠绵柔厚，情浓语真。结尾暗用西晋张翰的典故，融会吴中风景，颇见生活趣味。

## 诗词小知识

### 铁锅还未普及时人们是怎么做饭的？

新石器时期，原始人就懂得了用火烧熟食物，但是还不会制作复杂的工具，通常都是挖坑搭架，把食物直接放在架子上烤熟，这是最早的烧烤，也是人类历史上最为原始的一种处理食物的方法，代表着从生食到熟食的巨大转变。最早的锅叫"鬲"，陶制，出现的时间和鼎差不多，大约在新石器晚期。形状像一只小鼎，口沿外倾，底部是圆形的，有三只脚，能用来煮水、做饭。鬲发展到先秦时期，成了"釜"，就是项羽"破釜沉舟"里的那个"釜"，砸破它，就没办法做饭了。"釜"与"鬲"略有不同，三只脚没了，只有圆底，可直接放在灶台上，受热更快，只适合煮、炖、蒸，不适合炒。当然，那时也还没有"炒菜"这种在咱们看来最简单不过的烹调方式。最早的炒菜，并不是出现于铁锅大量普及的宋朝，而是在魏晋南北朝，《齐民要术》详细记载了两道菜的炒作过程，一道是炒鸡蛋，一道是炒鸭子。另有一种很常见的炊具"甑"，是一种瓦器，古人用来蒸饭，底部有许多透蒸汽的孔格，将其置于鬲上蒸煮，如同现代的蒸锅。现在南方的很多地区，仍使用竹子或木头制成的甑子蒸饭，蒸出来的米饭粒粒分明，晶莹可口，还有竹、木的香气。

## 游庐山得蟹

【宋】徐似道

不到庐山辜负目,不食螃蟹辜负腹。

亦知二者古难并,到得九江吾事足。

庐山偃蹇(yǎn jiǎn)①坐吾前,螃蟹郭索②来酒边。

持螯(áo)把酒与山对,世无此乐三百年。

时人爱画陶靖节③,菊绕东篱手亲折。

何如更画我持螯,共对庐山作三绝。

### 注释

① 〔偃蹇〕高耸的样子。

② 〔郭索〕螃蟹爬行的声音。

③ 〔陶靖节〕指陶渊明,入刘宋后改名潜,字符亮,号五柳先生,私谥靖节先生,东晋浔阳柴桑(今江西省九江市)人。

## 译文

不到庐山欣赏美景，是对眼睛的辜负，而不吃螃蟹就是对口腹的辜负。我也知道这两样美事自古以来就难以同时实现，但如今到了九江，我这两个心愿都满足了。如今庐山在我眼前高耸，螃蟹与美酒正伴我手边，一边吃螃蟹，一边喝酒，望着庐山，世间如此乐事，真是几百年也难以得遇。如今大家都对陶渊明赞赏有加，模仿陶渊明筑篱种菊、亲手采摘，在我看来，这哪里比得上我在这里持蟹饮酒来得快乐呢？我与蟹螯、庐山一起就可以作为三绝。

## 导读

宋代人对螃蟹非常关注和喜爱，在诗词里经常用有趣的称谓来称呼和调侃螃蟹，如"郭索君""无肠公子"等等。宋代关于蟹的专门著述也比较丰富，如《蟹谱》《蟹略》《蟹图》等等。宋代的蟹和其他的水产价格都非常低廉，苏轼就曾经说过："紫蟹鲈鱼贱如土。"因此吃蟹呢，是盛行于各阶层的。而宋代成为我国的第一个食蟹高峰时期,除了吃淡水里生长的蟹类,宋人也吃海蟹。每年立冬,据《东京梦华录》记载,宫廷和民间都要储备食物过冬,其中就包含了蛤蜊和螃蟹。

## 诗词小知识

### 古人是怎么吃蟹的?

宋朝人吃蟹的方式很多样,最有名的当属颇有历史渊源的持螯饮酒。据《世说新语》记载,毕卓曾经放言:"一手持蟹螯,一手持酒杯,拍浮酒池中,便足了一生。"洒脱、旷达、放诞、张狂之感极具魏晋名士风流。在《蟹谱》和《山家清供》里面还分别记载了"洗手蟹"和"蟹酿橙"两道菜的做法。"洗手蟹"是将活蟹剖析以后加入调味品及时腌制而成,在今天这道菜依然非常有特点。"蟹酿橙"是将橙子掏空以后放入蟹肉蒸食,这道菜外形别致,蟹肉的香味又融合了橙子的清香,可谓色香味俱佳。

# 答朝士

【唐】贺知章

铍镂<sup>①</sup>银盘盛蛤蜊<sup>②</sup>，镜湖莼菜<sup>③</sup>乱如丝。

乡曲近来佳此味，遮渠<sup>④</sup>不道是吴儿<sup>⑤</sup>。

## 注释

① 〔铍镂〕用金银在器物上雕嵌花纹。

② 〔蛤蜊〕是生活在海底的一种软体动物。

③ 〔莼菜〕又名马蹄菜、湖菜等，是多年生水生宿根草本。

④ 〔遮渠〕尽他，随他。

⑤ 〔吴儿〕吴地少年。泛指南方人。

## 译文

雕嵌着花纹的银盘中盛着蛤蜊，碗中盛着用镜湖的莼菜根熬成的汤，杂乱如丝。这些南方的佳肴现在在北方也很流行，你们怎么不挑剔它们是

来自吴越的呢？反而在别的地方专对南方人故意挑剔呢？

## 导读

贺知章在长安任国子学四门博士，人们都知道他是个博学多闻、潇洒倜傥的永兴（今浙江杭州萧山区）才子。时有苏州人顾况，在京城以机敏善变著称，他和贺知章二人的南方口音都很重，但北方人倒很爱听。一批大臣在背后嘲笑他们是"南金复生中土"。意思是他们虽长于南方，但在南方并不成功，而在北方的环境里，倒是发出了金子般的光彩！有人把此话传给贺知章和顾况听，于是两人先后作诗"回敬"，讲道理、摆事实，使大臣们心服口服。贺知章所作的就是这篇《答朝士》。

## 诗词小知识

### 什么样的蛤蜊好吃？

虽然我们经常可以看到写水产、海产的诗

词，但吃海鲜对于生活在非沿海地区的人们来说并非易事。随着历史上几次文化和经济重心的南移，南宋以后，尤其是明清时期，诗词中对水产的呈现才更加常见。诗词中经常提及的水产菜品以腌制的居多，因为新鲜的水产并不易于运送和保存。欧阳修作有《初食车螯》一诗，"车螯"即文蛤，诗中提及宾客初食蛤蜊的反应，可见即使是欧阳修的座上客，也都没怎么吃过蛤蜊。

古人不仅会吃蛤蜊，还总结出了什么样的蛤蜊好吃。在《至正四明续志》中，就给出了青蛤"壳口有紫晕者肥美"的小贴士。南宋吴自牧的《梦粱录》记录了酒蒸鲜蛤、蛤蜊淡菜、米脯鲜蛤等多种诱人的蛤蜊菜肴。据记载，宋仁宗也很爱吃蛤蜊，但北宋国都在东京，汴梁并不临海，于是需要用快马将蛤蜊运往汴梁，运输成本提高，价钱自然就高得离谱。据记载，一年初秋，有人献给宋仁宗一些蛤蜊，从远道运到京城，一枚蛤蜊1000钱，总共28枚。宋仁宗不高兴地说："平常我总告诫你们要节俭。现在我吃一次蛤蜊却要花费28000钱，我心里怎么过得去呢？"说罢放下筷子，再也不肯吃蛤蜊。隋炀帝以及唐文宗也都特别爱吃蛤蜊，很多诗人都为蛤蜊留下过诗句。皮日休就曾写过："何事晚来还欲饮，隔墙闻卖蛤蜊声。"晚上想喝点小酒的时候，隔着墙正好听到卖蛤蜊的叫卖声，你说巧不巧？这下不得称两斤下酒？

# 初到黄州

【宋】苏 轼

自笑平生为口忙①,老来事业转荒唐。

长江绕郭②知鱼美,好竹连山觉笋香。

逐客③不妨员外④置,诗人例作水曹郎⑤。

只惭无补丝毫事,尚费官家压酒囊⑥。

## 注释

① 〔为口忙〕一语双关,既指因言事、写诗而获罪,又指为谋生糊口,并呼应下文的"鱼美"和"笋香"的口腹之美。

② 〔郭〕外城。

③ 〔逐客〕贬谪之人,作者自谓。

④ 〔员外〕指正员以外的官员,苏轼所任的检校官亦属此列。

⑤ 〔水曹郎〕隶属水部的郎官。在以前的诗人中,何逊、张籍以及孟宾于都曾任此官,苏轼在此打趣,仿佛这个职位专为诗人而设。

⑥ 〔尚费官家压酒囊〕作者自注:

"检校官例，折支多得退酒袋。"压酒囊，压酒滤糟的布袋。宋代官俸一部分用实物来抵数，叫"折支"。

## 译文

我自己都感到好笑，一生都在为谋生糊口到处奔忙，等老了发现这一生的事业很荒唐。长江环抱城郭，我深知江鱼味美，茂竹漫山遍野，只觉阵阵笋香。贬逐的人，不妨就在此做一名员外，按照诗人的惯例，都要做做水曹郎。惭愧的是我劝政事已毫无补益，还要耗费官吏俸禄，领取压酒囊。

## 导读

这首诗描写作者初到黄州的所见，刻画了苏轼初到黄州时的复杂矛盾的心绪。其中有自嘲自伤，有对权势者的嘲笑，诗人又以超旷的胸襟对待自己的遭遇，在自然中发现美，在逆境中寻求生活的乐趣，表现了诗人一贯的豁达、乐观。初到黄州，正月刚过，又寄居僧舍，因黄州三面为长江环绕而想到可有鲜美的鱼吃，因黄州多竹就想到竹笋的香味，把视觉立即转化为味觉和嗅觉,表现出诗人对未来生活的憧憬,全诗紧扣"初到"题意,亦表露了诗人善于自得其乐、随缘自适的人生态度。

## 诗词小知识

### 笋有多好吃?

从《周礼》中"加豆之实,笋菹鱼醢"开始,中国人吃笋的历史已经有几千年,诗人都偏爱这种滋味鲜甜、口感脆嫩,又富有山野气息的食物,自古就被人们列为山珍。杜甫曾言:"远传冬笋味,更觉彩衣春。"白居易写道:"紫箨坼故锦,素肌擘新玉。每日遂加餐,经时不思肉。"吃了笋,肉都不想吃了。笋与肉搭配,鲜甜不腻;笋也可与菜搭配,雪菜冬笋就是经典的下饭小菜。广东省揭阳市埔田镇被誉为南方竹笋之乡,当地最出名的一道菜是笋粿,就是用清甜的笋混合米浆制成的粿条翻炒而成。笋不仅是美食,更是雅食。《山家清供》载:"林笋盛时,扫叶就竹边煨熟，其味甚鲜，名曰傍林鲜。"在竹林里挖笋、扫叶、围炉而食，享受鲜美的竹笋，真是快乐又文雅的趣事，要是人人都能是竹林贤人就好啦。

## 立 春

【唐】杜 甫

春日春盘①细生菜，忽忆两京②梅发时。

盘出高门③行白玉，菜传④纤手送青丝。

巫峡寒江那对眼⑤，杜陵远客⑥不胜悲。

此身未知归定处⑦，呼儿觅纸一题诗。

### 注释

① 〔春盘〕唐时风俗，立春日食春饼、生菜，称为春盘。

② 〔两京〕指长安、洛阳两城。

③ 〔高门〕指贵戚之家。

④ 〔传〕经。

⑤ 〔那对眼〕哪堪对眼。

⑥ 〔杜陵远客〕诗人自称。杜陵，指长安东南的杜县，汉宣帝在此建陵，因此称为杜陵。杜甫的远祖杜预是京兆人，杜甫本人又曾经在杜陵附近的少陵住过，所以他常自称为"杜陵远客""少陵野老"。

⑦〔归定处〕欲归两京,尚无定处。

## 译文

今日立春,我忽然想起过去那一段太平岁月。那时,洛阳和长安正是鼎盛之时。每当立春,高门大户把青丝韭黄盛在白玉盘里,经纤手互相馈送,以尽节日之兴。如今我流落异地,真不堪面对这眼前的巫峡寒江!昔日之盛和今日之衰,令我这杜陵远客悲不自胜。天哪!究竟哪里是我的归宿安身之处?为了散淡旅愁,姑且叫儿子找纸来写了这首诗。

## 导读

诗的前两联叙写两京春日景况,后两联抒发晚年客寓夔州(今重庆市奉节县)之春日感怀。全诗用欢快愉悦的两京立春日的回忆,反衬当下客寓流离生活的愁苦,深沉曲折地表达出作者对故国的无限眷恋与浓烈的怀乡之愁。

## 诗词小知识

### 什么是"春盘"?

我国古代注重节令食物,立春之时有吃"春盘"的食俗。所谓"春盘",是指古人将春季可寻的各种蔬菜汇集于一盘,于立春节气时举家共食。春盘中的蔬菜一般都是生吃,故称"生蔬"。从晋代偏重于辛辣口味的"五辛盘",到以后以新鲜清爽的蔬菜为主体的"春盘",再到唐代兴起的"春饼",食春盘、吃春饼的"咬春"习俗在我国由来已久。宋朝时的春盘还讲究配色和造型,把春盘装点得更加新颖。

## 雨后行菜圃

【宋】苏　轼

梦回闻雨声，喜我菜甲①长。

平明江路湿，并岸飞两桨。

天公真富有，膏乳泻黄壤。

霜根一蕃滋，风叶渐俯仰。

未任筐筥(jǔ)载，已作杯盘想。

艰难生理窄，一味敢专饷(xiǎng)②。

小摘饭③山僧，清安寄真赏。

芥蓝如菌蕈(xùn)，脆美牙颊响。

白菘(sōng)④类羔豚，冒土出蹯(fán)⑤掌。

谁能视火候，小灶当自养。

### 注释

① 〔菜甲〕菜的叶芽。

② 〔饷〕宴饮，请人吃饭。专饷，这里指

独自享用。

③〔饭〕招待。

④〔白菘〕即白菜。

⑤〔蹯〕兽足掌。

## 译文

梦醒时听见下雨的声音,来到菜圃后,发现我种的蔬菜叶芽长势喜人。天亮的时候江水漫至道路,江上两艘船并列快速经过。老天真的非常富有,像乳膏一样的雨水不停地倾泻到黄土地上,经冬不凋的树木也在雨后繁茂生长,树叶在风中翻飞。虽然种的菜还不够摘进筐里,但我已经开始想象这些蔬菜放进杯盘中食用的样子了。蔬菜的生长不容易,但这样的美味我还是敢独自享用的。摘一些菜来招待山里的僧人,将这份清静安宁寄给真正懂得欣赏的人。芥蓝菜就像菌蕈,味道鲜美,吃起来在口腔中声声作响。白菜就像小羊和小猪的肉,简直是土里长出来的熊掌。谁要是能把握好火候,就应当筑一小灶,悉心烹煮。

## 导读

能有一片自己的菜园，种上喜爱的蔬菜，播种、浇水、施肥、除草、收获，这是很多人理想的生活。虽然诗意田园的生活和真实的农业劳作并不一样，但这样一方小天地确实能够给人带来慰藉，既有丰收的期待，也有远离世俗繁杂的自由。苏轼的菜园欣欣向荣，虽然蔬菜还未长成，但对美食的期待和想象已经为苏轼带来了快乐，在苏轼眼中芥蓝、白菜已与珍馐美味并无差异。

## 诗词小知识

### 白菜也有好听的名字

宋朝的大诗人杨万里第一次吃到白菜时，给白菜起了个好听的名字，叫"水精菜"，甚至还为此特地作诗两首。白菜既便宜又易于储存、耐霜雪，味道也很鲜美。据《南齐书·周颙传》记载，文惠太子曾问周颙："菜食何味最胜？"周颙答:"春初早韭,夏末晚菘。""菘"就是白菜,寥寥八字,就点出了春初的韭菜和夏末的白菜的滋味之鲜美。

# 四时田园杂兴（其三十一）

【宋】范成大

昼出耘田①夜绩麻②，村庄儿女各当家③。

童孙未解④供⑤耕织，也傍⑥桑阴⑦学种瓜。

## 注释

① 〔耘田〕泛指治田除草，从事田间劳动。

② 〔绩麻〕把麻搓成线。

③ 〔各当家〕每人担任一定的工作。

④ 〔未解〕不懂。

⑤ 〔供〕从事，参加。

⑥ 〔傍〕靠近。

⑦ 〔阴〕树荫。

## 译文

白天去田里从事田间劳动，夜晚在家中搓麻线，村中的男男女女各有各的家务

劳动。小孩子虽然不会耕田织布，也在那桑树荫下学着种瓜。

## 导读

这首诗以朴实的语言、细致的描绘，热情地赞颂了农民紧张繁忙的劳动生活。首句用昼和夜对比，向我们展示乡村男女耕田、绩麻，日夜忙碌的景象。诗人用清新的笔调，细腻地描绘出农村初夏时紧张的劳动气氛，读来意趣横生。后两句生动描写了农村儿童也想参与劳动的情形，流露出诗人对儿童的喜爱。诗中描写的儿童形象天真纯朴，令人喜爱。

## 诗词小知识

### 古代的"吃瓜群众"爱吃什么瓜？

我国有一些瓜历史悠久，如：甜瓜、瓠、冬瓜、越瓜、哈密瓜等。《诗经》中所说的"七月食瓜"指的是甜瓜，这也是我国文献记载最早的品种。在很长一段时间里，中国诗歌里的"瓜"，主要也是指甜瓜。"瓠"就是葫芦，《诗经·邶风·匏有苦叶》记载的"匏有苦叶，济有深涉"，说的是渡水时系在身上用作浮标的葫芦。葫芦原产于印度及非洲，早在先秦就传入中国。冬瓜是汉代以来的重要瓜类，可以吃，也可以作药用。越瓜近似甜瓜，但味道没有甜瓜甜。哈密瓜是一种硬皮的甜瓜，在我国的甘肃西部和新疆地区多有种植。据说，黄瓜是汉朝张骞出使西域时带回来的。西瓜大约在南北朝时期传入中国，最早被称为"寒瓜"。从热带非洲而来的西瓜，首先在我国西北地区种植，宋元以后才渐渐在中原流传开来。

自从中华文明诞生以来，中华民族就与其他民族有着长时间、大规模的交流互动，在中华文明的许多成果传入世界的同时，世界其他文明的许多成果也传入中国。据统计，我国现有的主要蔬果中，约有40多种来自国外，它们大大丰富了我国古代"吃瓜群众"的饮食生活。

# 食荔枝二首（其二）

【宋】苏 轼

罗浮山①下四时春，卢橘②杨梅次第新。

日啖荔枝三百颗，不辞长作岭南③人。

### 注释

① 〔罗浮山〕在广东博罗、增城、龙门三县交界处，长达百余公里，峰峦四百多，风景秀丽，为岭南名山。
② 〔卢橘〕此处指枇杷。
③ 〔岭南〕指五岭以南的地区，在古代被称为南蛮之地，中原人士闻之生畏，不愿到广东来。

### 译文

罗浮山下四季都是春天，每天都有新鲜的枇杷和黄梅。若能每天吃三百颗荔枝，我愿意永远都做岭南的人。

## 导读

从"荔枝"看东坡先生的岭南心境。苏东坡于宋哲宗绍圣元年（1094）被人告以"讥斥先朝"的罪名而被贬岭南，"不得签书公事"。于是，东坡先生索性投身于自然风光之中，体察当地的风土人情，继而对岭南产生了深深的热爱，对岭南的荔枝也有一份执着的偏爱。苏轼在惠州第一次吃荔枝时，就作有《四月十一日初食荔枝》一诗，对荔枝极尽赞美之能事，诗中写道："垂黄缀紫烟雨里，特与荔枝为先驱。海山仙人绛罗襦（rú），红纱中单白玉肤。不须更待妃子笑，风骨自是倾城姝。"将荔枝比作外披红袄，内着红纱，皮肤细嫩洁白的海上仙女，足见其对荔枝的喜爱之情。

## 诗词小知识

### 珍贵的荔枝

唐时杜牧的一句"一骑红尘妃子笑，无人知是荔枝来"让荔枝在历史上留下了浓墨重彩的一笔。到了苏轼笔下,荔枝又成了"日啖荔枝三百颗,不辞长作岭南人"的美食。荔枝原产于岭南一带,因路途遥远,运输不便,进贡到朝廷,需要快马加鞭,因而十分难得。直到今日荔枝仍是"岭南果王",不过得益于时代的发展和交通运输水平的大大提升,如今荔枝早已进入寻常百姓家,人人都可以享用当年杨贵妃才能吃上的水果了。

## 木 瓜①

投我以木瓜,报之以琼琚(jū)②。
匪③报也,永以为好也!

投我以木桃④,报之以琼瑶。
匪报也,永以为好也!

投我以木李⑤,报之以琼玖。
匪报也,永以为好也!

### 注释

① 选自《诗经·卫风》。木瓜,又叫楔楂,一种落叶灌木(或小乔木),蔷薇科,果实长椭圆形,色黄而香,蒸煮或蜜渍后供食用。今粤桂闽台等地出产的木瓜,全称为"番木瓜",供生食,与此处的木瓜非一物。

② 〔琼琚〕美玉,下"琼玖""琼瑶"皆指玉石。
③ 〔匪〕非,不是。
④ 〔木桃〕果名,即楂子,比木瓜小。
⑤ 〔木李〕果名,即榠楂(míng zhā),又名木梨。

## 译文

你将木瓜投赠我,我拿琼琚作回报。不是为了答谢你,珍重情意永相好。你将木桃投赠我,我拿琼瑶作回报。不是为了答谢你,珍重情意永相好。你将木李投赠我,我拿琼玖作回报。不是为了答谢你,珍重情意永相好。

## 导读

《诗经·大雅·抑》有"投我以桃,报之以李"之句,后世"投桃报李"便成了成语,比喻相互赠答、礼尚往来。相比之下,由这篇《木瓜》所引申出的成语"投木报琼"的使用频率就无法与"投桃报李"相提并论了。但就全诗而言,《木瓜》的传诵程度却比《抑》高,它是现今传诵最广的《诗经》名篇之一。

## 诗词小知识

### 诗词中的"桃李"

"投我以桃,报之以李",桃、李这两种植物从诗经里走来,到后世的"春风桃李花开日""桃李春风一杯酒""为问春风桃李,而今子满芳枝",一直在古诗词中被反复书写、吟咏。桃花明媚艳丽,"桃之夭夭,灼灼其华";李花则如雪洁白,素雅纯净,"秾李花开雪满空"。因而古人常用"桃李"来形容人容貌艳丽,如曹植笔下的"南国有佳人,容华若桃李"。除了桃花、李花,桃子、李子也很受人们的喜爱和重视。桃子甘甜多汁、香氛迷人,李子酸甜微涩、爽口、开胃,因而用"投桃报李"形容人们互赠礼物。又因这些果实象征着丰收,后人又用桃李比喻学子,如"令公桃李满天下,何用堂前更种花"。

# 食杨梅三首（其一）

【宋】曾 几

年年梅里见诸杨，火齐①堆盘更有香。

风味十分如荔子②，何妨盛著绛纱囊。

### 注释

① 〔火齐〕火齐珠，一种红宝石。
② 〔荔子〕指荔枝。

### 译文

在梅里这个地方，年年都能见到杨梅，红宝石似的，堆满了整个盘子，散发着特有的香气。杨梅的味道如同荔枝，大小也和荔枝差不多，就像是荔枝蒙上了一层半透明的红纱。

### 导读

关于杨梅，有一个"君

家果"的典故。据《世说新语》记载，孔君平调侃杨梅是杨家的果实，没想到九岁的杨氏之子反问道："我也没听说过孔雀是孔先生您家的家禽啊？"后来"君家果"被作为杨梅的别名。"君家果"一典也常常用于形容年幼便有敏捷之才的孩子。很多人都十分推崇杨梅，并喜欢把杨梅和荔枝进行比较。有人说："若使太真知此味，荔枝应不到长安。""太真"是杨贵妃的道号，意思是当初杨贵妃若是品尝过杨梅的美味，大概就不会对荔枝如此迷恋，那么当初千里迢迢送到长安的珍果，恐怕就变作杨梅了吧。

## 诗词小知识

### 美味的杨梅

杨梅，宋朝张端义的《贵耳集》记载了有一闽人和一吴人各自炫耀家乡著名物产的故事。两人争执不下，有人就在墙壁上题诗："闽乡玉女含冰雪，吴郡星郎驾火云。"说荔枝是闽乡玉女，而杨梅是吴郡星郎。杨梅原产就是吴地，生长历史有几千年之久。"若使太真知此味，荔枝应不到长安"，可见杨梅之味美与荔枝不相上下。紫红色的杨梅挂在枝头，明艳照人，"累累红紫玉低垂"，低垂成熟的杨梅酸甜生津，汁液充沛，十分可口。它可以用作蜜饯，也可以腌盐佐酒、泡酒，还可以做酸杨梅汁等等。

# 三衢道中①

【宋】曾 几

梅子黄时②日日晴,小溪泛尽③却山行④。
绿阴⑤不减⑥来时路,添得黄鹂⑦四五声。

## 注释

① 〔三衢道中〕在去三衢州的道路上。三衢即衢州,今浙江省常山县,因境内有三衢山而得名。

② 〔梅子黄时〕指五月,梅子成熟的季节。

③ 〔小溪泛尽〕乘小船走到小溪的尽头。小溪,小河沟。泛,乘船。尽,尽头。

④ 〔却山行〕再走山间小路。却,再的意思。

⑤ 〔阴〕树荫。

⑥ 〔不减〕并没有少多少,差不多。

⑦ 〔黄鹂〕黄莺。

## 译文

今年梅子成熟的时候，竟天天都是晴朗的好天气，乘小船漂流到小溪的尽头，再下船循着山间小路前行。山路上古树苍翠，返程时的风景与来时相比也毫不逊色，深林中传来几声黄鹂的欢鸣声，更增添了些幽趣。

## 导读

这首诗描写了初夏时宁静的景色和诗人山行时轻松愉快的心情。首句点明出行时间，次句交代出行路线，第三句写返程时山间绿阴里那美好的景色不输于来时所见，第四句写路边绿林中又增添了几声悦耳的黄莺的鸣叫声，为三衢山增添了无穷的生机和意趣。全诗明快自然，极富有生活韵味。

## 诗词小知识

### 梅子的前世今生

1975年，中国考古学家在安阳殷墟挖掘出的一具铜鼎中发现了炭化的梅核,这证实了,梅子早在3000多年前就已经被中国古人作为食品了。早期,梅子用作调料,《尚书》载:"若作和羹,尔惟盐梅。"把梅子作为调料应用的做法沿用至今,现在我们还能在粤式餐厅看到烧鹅与梅子酱的搭配。烧鹅烤制以后,皮脆肉嫩,咸香金黄,而梅子酱呢,酸甜爽口,极为解腻,二者相辅相成,入口惊艳。除了做梅子酱,更多的时候人们直接食用梅子,想到梅子酸爽的口感,往往让人望而生津,这才有了"望梅止渴"的典故。有时,人们也用盐腌制梅子或用梅子泡制青梅酒。不过,《三国演义》里的"青梅煮酒"可不是把梅子放进酒里煮,而是在烧煮的温酒旁边放上一盘佐酒的梅子。

## 野人①送朱樱②

**【唐】杜 甫**

西蜀樱桃也自红③,野人相赠满筠笼④。

数回细写⑤愁⑥仍破,万颗匀圆讶许同⑦。

忆昨赐沾⑧门下省⑨,退朝擎出大明宫⑩。

金盘玉箸⑪无消息,此日尝新任转蓬⑫。

### 注释

①〔野人〕指平民百姓。

②〔朱樱〕红樱桃。

③〔也自红〕意思是说与京都的一般红。

④〔筠笼〕竹篮。

⑤〔细写〕轻轻倾倒。

⑥〔愁〕恐怕,担心。

⑦〔讶许同〕惊讶如此相同。

⑧〔沾〕接受恩泽。

⑨〔门下省〕官署名。杜甫曾任左拾遗,属门下省。

⑩〔大明宫〕唐宫殿名,君臣在此上朝。
⑪〔玉箸〕华丽的筷子。
⑫〔转蓬〕蓬草遇风拔根而旋转,喻身世之飘零。

## 译文

西蜀的樱桃原来也是这般鲜红啊,乡野之人送了我满满一竹笼。几番细心地移放却还是把它弄破了,令人惊讶的是上万颗樱桃竟然如此圆润匀称,大小相同。回想当年在门下省供职时,曾经蒙受皇帝恩赐樱桃,退朝时我用双手托着,把它带出大明宫。唉!金盘玉箸的岁月早已相隔遥远,今日尝新之时,我已漂泊天涯如同风中飘转的蓬草。

## 导读

本诗以"朱樱"为对象,表达了诗人再尝樱桃的喜悦,又传递出对往日生活的怀念和一丝漂泊天涯的忧愁。"西蜀樱桃也自红",成都的樱桃每到春天也同北方一样自然地垂下鲜红的果实。"野人相赠满筠笼",野人指的是村农,筠笼意为竹篮,村农以满篮鲜果相赠,足见诗人与邻里相处欢洽。

## 诗词小知识

### 人见人爱的樱桃

人们常言"红了樱桃,绿了芭蕉"。樱桃受人喜爱,一是其熟时呈红紫色,颜色艳丽;二在其小巧玲珑,号称"春果第一枝";三在其口感一流,营养极佳。据说是因为黄莺特别喜欢啄食它,才被人命名为"樱桃"。樱桃虽古已有之,但古时樱桃珍贵异常,在很长一段时间里都只是皇家祭祀宗庙的高级贡品。唐朝时樱桃送到皇宫以后,由皇帝祭祀宗庙,而后赏赐给大臣,这种恩赐可以视作对大臣的赏识。王维、韩愈、白居易等都曾获此殊荣,他们都受宠若惊。如此珍贵的樱桃,古时候老百姓可不容易吃到,但如今我们在街头就能买到了,你喜欢樱桃吗?

# 食 粥

【宋】陆 游

世人个个学长年,不知长年在目前。

我得宛丘①平易法,只将食粥致神仙。

## 注释

① 〔宛丘〕指宋代诗人张耒(lěi),字文潜,号柯山,人称"宛丘先生",其与黄庭坚、晁补之、秦观并称"苏门四学士"。

## 译文

世上的人个个想学长寿的方法,却不明白长寿之法就在眼前。我从宛丘先生身上得到了最简单的方法,只要吃粥就能长寿成仙。

## 导读

该诗是作者兴起而作,讲述了喝粥延年益寿

的好处，表达了作者对于粥的喜爱和推崇。

## 诗词小知识

### 古人也爱喝粥吗？

此诗前有小序："张文潜有食粥说，谓食粥可以延年。予窃爱之。"由此可知，陆游的这首《食粥》秉承了北宋诗人张耒（字文潜）在《粥记》中所表达的养生理念。全诗以简单的语言点出食粥的长寿之用，颇有见地。科学研究表明，大米含有淀粉、脂肪、蛋白质及多种矿物质，营养丰富。由于时代的限制，陆游还不可能通晓粥所含有的营养价值，但其食粥可以延年的经验之谈与科学道理暗合，值得称道。宋朝兴起的吃腊八粥的习俗，延续千古，经久不衰。陆游还主张"饮酒不至狂，对客不至疲。读书以自娱，不强所不知"，即要饮酒有节、读书有度，不可疲劳，这一长寿经验也合乎科学道理。

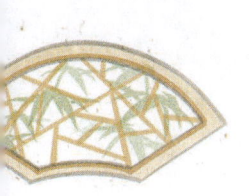

# 寄胡饼与杨万州

【唐】白居易

胡麻饼样学京都①,面脆油香新出炉。

寄与饥馋杨大使②,尝看得似辅兴③无。

## 注释

① 〔京都〕指长安城。
② 〔杨大使〕杨敬之,白居易的知己好友。
③ 〔辅兴〕当时长安城一家有名的食品店,制作的胡麻饼远近闻名。

## 译文

我这烹制胡麻饼的手艺是在长安的时候学来的,新鲜出炉的胡麻饼,饼的面皮酥脆,闻起来有一股油香味。我把这胡麻饼寄给馋嘴的杨大使,让您尝尝是否与长安城辅兴坊做的胡麻饼口味相似。

## 导读

据说作此诗时白居易已由江州司马升任为忠州刺史。因升迁之喜，白居易亲手制作了一些胡麻饼，并命人快马寄赠给当时正在万州刺史任上的知己杨敬之（也就是诗中的"杨大使"），为此即兴赋诗一首。

## 诗词小知识

### 胡麻饼的由来

白居易的这首小诗中出现了唐朝时非常有名、也非常流行的一种国民小吃——胡麻饼。胡麻饼的名字来自饼上撒的芝麻。它面脆、油香，沾满芝麻的胡麻饼刚出炉时冒着热气儿，喷香四溢。据说是一千多年前唐朝百姓排队抢购也要买上一块儿的"网红饼"。白居易当年被贬，落魄至极，曾发出"座中泣下谁最多，江州司马青衫湿"的慨叹。而今又重新走上升迁之路，黑暗即将过去，光明就在眼前，心中之喜无法言表。

"独乐乐不如众乐乐",于是他便亲手烹制了一些当年名满京都的胡麻饼,与自己的好友杨敬之(也就是诗中的"杨大使")一起分享这份喜悦,一句"尝看得似辅兴无",可以看出白居易此刻的欣喜之情。

## 食蒸饼作

【宋】杨万里

何家笼饼须十字,萧家炊饼须四破。

老夫饥来不可那<sup>①</sup>,只要鹘仑<sup>②</sup>吞一个。

诗人一腹大于蝉,饥饱翻手覆手间。

须臾放箸付一莞,急唤龙团<sup>③</sup>分蟹眼。

### 注释

① 〔那〕移动。后作"挪"。

② 〔鹘仑〕即囫囵,整个儿。

③ 〔龙团〕即龙团茶。团茶为宋时流行的一种小茶饼,其上印有龙、凤花纹,印龙者称"龙团"。

### 译文

何家的蒸饼上必须有十字纹,萧家吃炊饼也有类似的讲究。而我饿得走不动路,只要

给我一个蒸饼，囫囵一口就可以吞下，吃饱后肚子鼓鼓囊囊，看起来甚至比蝉的肚子还要大。吃蒸饼可以快速充饥，饥饱翻手覆手之间就转换了。一下子我就吃饱了，满足地放下筷子，立马呼唤仆人将煮出蟹眼（比喻水初沸时泛起的小泡）的团茶拿来喝。

## 导读

通过杨万里的这首小诗，我们可以看出杨万里对于蒸饼十分钟爱，对于蒸饼的饱腹感也有充分的描写。饥饿时能有蒸饼大快朵颐，吃饱后的满足感也让诗人觉得尤其惬意。再来上一杯团茶，更是尽享生活的自在舒适。

## 诗词小知识

### 蒸饼的由来

宋代的面食丰富多样，盛行于各个阶层。蒸饼是一种用笼屉蒸熟的面食，也称"炊饼"。《晋书》最早记录了蒸饼之名，"蒸饼上不坼作十字不食"，这句话说的是蒸饼上没有十字花纹就不吃，这种"蒸饼"就类似于蒸熟了有裂纹的馒头。后因宋仁宗名赵祯，"祯"与"蒸"谐音，为避讳"祯"字，人们就将"蒸饼"改名为"炊饼"。在四大名著之一的《水浒传》中，武松的哥哥武大郎就是以售卖炊饼为生的。在宋人的笔记小说中也常提到蒸饼在当时的使用情况。由于饼比较便于携带和保存，在当时的日常生活中占有重要的位置。

# 初冬绝句二首（其一）

【宋】陆　游

鲈肥菰(gū)①脆调羹美，荞熟油新作饼香(qiáo)。

自古达人轻富贵，例缘乡味忆回乡。

### 注释

①〔菰〕多年生草本植物，生在浅水里，嫩茎的基部经某种菌寄生后膨大，做蔬菜吃，叫茭白。

### 译文

鲈鱼肥美，菰菜鲜脆，用来一起煮成羹汤特别鲜美，用成熟的荞麦和新油炸出的饼尤其喷香。自古以来通达的人都轻视富贵，而因吃到家乡的美食回忆起故乡。

### 导读

这首诗通过描写美

味的鲈鱼和油饼，写出了自己远离家乡、思念家乡之意。

## 诗词小知识

### 古人是如何实现"炸物自由"的？

任何食物油炸以后，味道都好像变得美妙起来，但古人要享受油炸美食，却路漫漫其修远兮，一是它必须要有合适的炊具，导热快、耐高温，二是必须要有大量食用油。从春秋战国时期开始的很长一段时间里，炸物都只是上层社会的专享，好在张骞出使西域回来以后带回了芝麻，才慢慢缓解了老百姓用油难的问题。往后，得益于宋代榨油技术的提升和铁锅的逐渐普及，民间实现炸物自由。宋朝人不仅炸鱼、炸米，南宋时民间痛恨奸相秦桧，就把面饼做成秦桧与其夫人王氏的样子，背对背黏住，放入滚油煎炸，命名为"油炸桧"，据说这是油条的雏形。有意思的是，在宋代人炸万物的实验中，还诞生了爆米花呢！

# 元宵煮浮圆子前辈似未尝赋此坐间成四韵

【宋】周必大

今夕知何夕，团圆事事同。

汤官①寻旧味，灶婢②诧新功。

星灿乌云里，珠浮浊水中。

岁时编杂咏，附此说家风。

## 注释

① 〔汤官〕官名。秦、汉皆置，属少府，掌供饼饵。
② 〔灶婢〕指女厨工。

## 译文

今天是什么日子呢？家家户户都在讲求团圆，专门负责做饼饵的汤官寻得了旧时的味道，而女厨工则惊诧于新的配方。煮好的汤圆就像星星在乌

云中闪烁,一颗颗汤圆像明珠一样浮动在浓浊的汤水中。我在这个元宵作诗吟咏,顺应时节说说家风。

## 导读

关于元宵节吃汤圆的习俗,宋代就有记载,周必大言"前辈似未尝赋此",可见宋代之前关于汤圆的诗词还不多。当时汤圆又叫"圆子""团子""汤团""浮圆子"等等。

## 诗词小知识

### 团团圆圆吃汤圆

宋代非常看重元宵节,元宵节的节令饮食也不止汤圆。《武林旧事》记载的元宵美食就有:乳糖圆子、科斗粉、豉汤、水晶脍、韭饼、南北珍果、皂儿糕、宜利少、澄沙团子、滴酥鲍螺、酪面、玉消膏、琥珀糖、生熟灌藕、诸色龙缠、蜜煎、蜜果、煎七宝姜豉、十般糖等等。其中"乳糖圆子"便是汤圆的一种。这里面列举的绝大多数节令小食，今人已经觉得陌生。而寓意团团圆圆的汤圆则跨越千年，在今天成为元宵节最具代表性的食物，并在日常的饮食生活中也占据了重要的位置。

# 馒 头

【宋】岳 珂

几年太学饱诸儒,余伎犹传笋蕨厨。
公子彭生①红缕肉,将军铁杖②白莲肤。
芳馨政可资椒实,粗泽何妨比瓠(hù)壶③。
老去齿牙幸大嚼,流涎(xián)聊合慰馋奴④。

### 注释

① 〔公子彭生〕典故出于《左传》。齐襄公命公子彭生在车上杀了鲁桓公,而后又归罪于彭生并杀之,彭生冤死。后来齐襄公打猎时发现一只野猪,左右侍从说是公子彭生。齐襄公大怒,射了一箭,野猪竟站起来哭泣。齐襄公大惊,慌忙中丢掉一只鞋。在岳珂的这首诗里,"公子彭生"作"猪"字用。

② 〔将军铁杖〕指隋朝大将军麦铁杖。有一次朝会,考功郎窦威嘲笑麦铁杖的姓氏奇怪,麦铁杖应声答道:"'麦'和'豆'(与窦威的姓'窦'谐音)没什么两样,有什么可奇怪的?"怼得

窦咸满脸通红，无话可说。在岳珂的这首诗中，"将军铁杖"四字，只当一"麦"字用。因为"馒头"是用麦粉做的。"麦粉"就是今天的"面粉"。

③〔瓠壶〕一种盛放液体的大腹容器。

④〔馋奴〕嘴馋的人。

## 译文

在太学学习的几年里，诸多儒生都吃了很多太学馒头，太学厨师的技艺传入普通人家的厨房。用刀将红肉切成细丝，用擀面杖将和好的白面擀好，在肉丝中加入花椒等一系列调料作为馅儿，再包上发面擀成的皮。如此做成的馒头细腻有光泽，堪比瓠壶。蒸好的馒头松软可口，即使是上了年纪没有牙齿的人，也可以大口开嚼，这些太学馒头，让人垂涎欲滴，正好抚慰嘴馋的人。

## 导读

岳珂的《馒头》写的是宋代文明遐迩的"太学馒头"。"太学馒头"是太学食堂里专门为太学生准备的馒头。《茶余客话》里记载，宋神宗视察太学时，曾亲自体验学生的伙食，称赞太学馒头："以此养士，可无愧矣。"太学馒头因此美名远扬，甚至成为学生访亲探友的赠礼佳品。

## 诗词小知识

### 古代的馒头是什么样的？

宋代的馒头并不是没有馅料的面食，而是像今天的包子一样有馅儿。宋代馒头的馅料有：蟹黄、猪肉、鱼肉、鲜笋等。由此可见，宋代馒头的口味丰富，种类多样，比今天的包子有过之而无不及。从用料来看，切成细丝的肉更容易入味，加入花椒等调味，蒸熟以后肉馅饱满，蒸出的汤汁浸入面皮，吃起来香软可口。

# 习俗篇

# 元 日①

【宋】王安石

爆竹②声中一岁除③，春风送暖入屠苏④。

千门万户曈曈⑤日，总把新桃⑥换旧符。

### 注释

① 〔元日〕农历正月初一，即春节。

② 〔爆竹〕古人认为烧竹子时竹子爆裂发出的响声，可以用来驱鬼避邪。后来这一活动演变成放鞭炮。

③ 〔除〕逝去，过去。

④ 〔屠苏〕古代酒名，指屠苏酒，是一种用屠苏草浸泡的酒，古人用以驱邪避瘟，祈求长寿。

⑤ 〔曈曈〕日出时光明温暖的样子。

⑥ 〔桃〕桃符，古时人们在桃木板写上神荼、郁垒两位神灵的名字，悬挂在门旁，用来压邪，每年农历正月初一时更换一次。后借指春联。

## 译文

在爆竹声中，一年又过去了；迎着和煦的春风，人们拿出酿好的屠苏酒，开怀畅饮。旭日东升，阳光照耀着千家万户，大家都忙着把旧的桃符取下，换上新的。

## 导读

这首诗作于作者刚刚拜相而开始推进新政时。新年，王安石见家家户户都忙着准备过春节：爆竹声、屠苏酒、初升的太阳和崭新的桃符，无处不在的节日气氛和无比浓厚的生活气息，都让诗人感受到新年伊始的新气象，催生了他对变法的信心。

## 诗词小知识

**逢年过节燃放爆竹的习俗从何而来？**

每到春节，华灯璀璨，锣鼓齐鸣。鞭炮声此起彼伏，为沸腾的华夏大地奏响了新春之曲。最早的"爆竹",是指燃竹而爆,因竹子焚烧会发出"噼噼啪啪"的响声,故称"爆竹"。唐朝时,鞭炮又被称为"爆竿",即将一根较长的竹竿逐节燃烧,发出连续的爆破声。诗人来鹄在《早春》中的诗句"新历才将半纸开,小庭犹聚爆竿灰"写的就是春节燃烧竹竿的场景。

关于爆竹的起源,有个有趣的传说。《神异经》上说:"西方山中有焉,长尺余,一足,性不畏人。犯之令人寒热,名曰年惊惮,后人遂象其形,以火药为之。"据说山魈最怕火光和响声,所以每到除夕,人们就"燃竹而爆",把山魈吓跑。这样年复一年,民间就形成了放鞭炮、点红烛和敲锣打鼓等欢庆新春的年俗。

## 汉宫春·立春日

【宋】辛弃疾

春已归来,看美人头上,袅袅春幡①。无端风雨,未肯收尽余寒。年时②燕子,料今宵梦到西园。浑未办黄柑荐酒,更传青韭堆盘。

却笑东风从此,便薰梅染柳,更没些闲。闲时又来镜里,转变朱颜。清愁不断,问何人会解连环?生怕③见花开花落,朝来塞雁先还。

### 注释

① 〔春幡〕立春时妇女头上佩戴的用彩纸或者布帛做成的饰物。
② 〔年时〕即去年。
③ 〔生怕〕最怕,只怕。

### 译文

看到美人发梢上随风舞动

的春幡，就知道春天已经归来了。虽已春归，但仍时有风雨，余寒未尽。去年的燕子尚未北归，料今夜当梦回西园。我愁绪满怀，完全没准备黄柑酒、五辛盘等应节之物。东风自立春日起，就要开始忙于装饰人间花柳，催开了梅，染绿了柳，闲来又到镜里，随时光偷走人的青春容颜。清愁绵绵如连环不断，无人可解。怕见花开花落，转眼春逝，去年从北方塞外飞来的大雁，如今要在我之前飞回去了。

## 导读

辛弃疾的青少年时代是在北方度过的。当时北方已为金人所统治，辛弃疾的家乡山东也不例外。他在宋高宗绍兴三十一年（1161）投奔耿京组织的忠义军，在三十二年奉表归宋。据邓广铭先生考证，这首词是他在南归途中、寓居京口（镇江）时所作的。整首词围绕"立春日"的主题，以"春已归来"开篇，提及不少立春的习俗。这首词抒发了他怀念故国的深情和对南宋君臣苟安江南、不思恢复的不满，并传达出时光流逝、英雄无用的无限清愁。

## 诗词小知识

### 什么是"春幡"?

春幡,也叫春旗,最早是指用青缯编织的一种旗帜,旗帜上绣满吉祥祝语。人们将旗帜套在竹竿上置于门口,或者在春节的各大活动上将其树立成排,表达对新春佳节的美好祝愿。经过漫长的演变,人们开始剪缯绢成小幡,把"春幡"佩戴在头上,有迎春之意,尔后逐渐出现了春幡的另一个形式——簪花。在泉州蟳埔村,就有女性簪花围的习俗,这一习俗在2008年被列入国家非物质文化遗产。蟳埔女用各色鲜花作为头饰,通过盘发、挂坠、簪花等步骤,制作出一顶顶鲜艳热情、独具特色的头冠。这些头戴簪花围的美人,犹如一座座"流动的花园"。

# 减字木兰花①·己卯②儋耳③春词

【宋】苏 轼

春牛④春杖⑤。无限春风来海上。便丐⑥春工⑦。染得桃红似肉红⑧。　　春幡春胜⑨。一阵春风吹酒醒。不似天涯⑩。卷起杨花⑪似雪花。

## 注释

① 〔减字木兰花〕词牌名，双调四十四字，与木兰花（词牌名）相比，前后片第一、三句各减三字。

② 〔己卯〕宋哲宗元符二年（1099）。

③ 〔儋耳〕古代地名，治所在今海南省儋州市西北。

④ 〔春牛〕即泥牛，古时农历十二月出土牛以送寒气，后来演变为立春捏土牛、打土牛的习俗，象征春耕开始。

⑤ 〔春杖〕耕夫持犁杖侍立，杖即执。鞭打土牛，也有"打春"一称。

⑥ 〔丐〕乞求。

⑦ 〔春工〕春风送暖，万物复苏，作者将春天比喻为农作物催生助长的农工。

⑧ 〔肉红〕形容桃花的颜色像猪肉、牛肉、羊肉一般鲜

红。

⑨〔春胜〕古人将彩纸剪成各种动物或文字的形状,将其佩戴在身上,或张贴于门窗。

⑩〔天涯〕多指天边。此处指作者被贬谪的海南岛。

⑪〔杨花〕即柳絮。

### 译文

立春这天,耕夫持犁杖侍立在泥牛旁,准备鞭打春牛的仪式。辽阔的海面吹来阵阵春风。人们乞求春神化作催生万物的农工,把桃花染成鲜红。春幡、彩胜在风中起舞,醉意也被风吹散。我看此地不像海角天涯,那被风卷起的柳絮,不正似故地飞舞的雪花?

### 导读

旧时,海南岛被视为蛮瘴僻远的"天涯海角",前人偶有所咏,也大都是抒发面对异乡荒凉景色时所兴起的飘零流落之感。此词却以欢快跳跃的笔触,突出了边陲绚丽的春光。在中国词史中,这是对海南之春的第一首热情赞歌。与其他逐客不同,苏轼对异地风物并不排斥和敌视，而是由衷地欣赏和认同。他所作的《被酒独行遍至子云威徽先觉四黎之舍》也说"莫作天涯万里意，溪边自有舞雩（yú）风"，溪风习习，便顿忘身处天涯，与此词同旨。苏轼一生的足迹遍布大半个中国，不论是外出做官，还是遭遇贬谪，他对所到之地总是怀着亲切真挚的感情，将它们视作人生路上的"故乡"，反映出随遇而安的旷达人生观。

## 诗词小知识

### 什么是"打春牛"？

立春是二十四节气中的第一个节气，这一天又被称作"正月节"。民间有"打春"的习俗，人们在立春执仗鞭牛，抽打牛的屁股，有催牛耕田之意。官民都参与到这个开耕仪式中，有的地方打的是泥质春牛，即一种用泥塑彩绘的牛，里面填充五谷，打碎后五谷四散，众人齐抢，有"抢春""抢福"之意。

## 青玉案·元夕

【宋】辛弃疾

东风夜放花千树①，更吹落，星如雨②。宝马雕车③香满路。凤箫声动，玉壶④光转，一夜鱼龙舞⑤。　　蛾儿雪柳黄金缕⑥，笑语盈盈暗香⑦去。众里寻他千百度，蓦然回首，那人却在，灯火阑珊⑧处。

### 注释

① 〔花千树〕形容五光十色的花灯缀满街巷，犹如千树开花。

② 〔星如雨〕指焰火纷纷，像满天的星斗被风吹落，乱落如雨。

③ 〔宝马雕车〕豪华的马车。

④ 〔玉壶〕比喻明月。

⑤ 〔鱼龙舞〕指舞动鱼形、龙形的彩灯。

⑥ 〔蛾儿、雪柳、黄金缕〕古代妇女在元宵节时头上佩戴的各种装饰品，此处指代身着盛装的妇女。

⑦ 〔暗香〕本指花香，这里指女性身上散发的幽香。

⑧ 〔阑珊〕零落稀疏的样子。

## 译文

东风吹过，五光十色的花灯缀满街巷，犹如千树开花，焰火纷纷，就像天上的繁星被风吹落，化作夜空中晶莹的水珠。豪华的马车在路上来往，各式醉人香气弥漫。凤箫的悦耳之声四处流动，月亮在空中的光华流转。热闹的夜晚里，人们还在舞动着鱼灯、龙灯，进行各种表演。头上戴着亮丽饰品的美人一个个面带微笑，带着淡淡的香气从我的面前经过。我一遍又一遍地寻找意中人的身影，却找不到她，不经意间一回头，发现她竟然就在灯火零落处。

## 导读

这首词的上阕为我们描写了一个满城灯火、众人狂欢的元宵之夜。下阕则专门写人，在惹人眼花缭乱的丽人群女之中，只有"众里寻他千百度"的那一位意中人最让诗人心醉。也有一种说法认为，这首词中灯火阑珊处站着的人其实是诗人自己，这首词是他本人心境的写照。因为当时的诗人不受重用，文韬武略都无处施展，所以只能孤芳自赏，体现了自己不愿随波逐流的高洁品格。王国维先生把最后这句"众里寻他千百度，蓦然回首，那人却在，灯火阑珊处"作为人生第三重境界，确是真知灼见。

## 诗词小知识

### 什么是"玉壶"？

玉壶，本来意思是玉制的壶形佩饰，由皇帝颁发，寓敬老、表功之意。美玉制成的壶，可以用来盛放饮品，因此，玉壶也是酒壶的一种美称。玉壶晶莹剔透的特质让历代众多诗人都联想到清澈透明的风光物色，如皎洁的月色，因而后也多被诗人用来喻明月。而"一片冰心在玉壶"中的"玉壶"则不是月亮了，它比喻的是人纯洁清白的情操。

## 十五夜观灯

【唐】卢照邻

锦里①开芳宴②,兰缸③艳早年④。

缛彩⑤遥分地,繁光远缀天。

接汉⑥疑星落,依⑦楼似月悬。

别有千金笑⑧,来映九枝⑨前。

### 注释

① 〔锦里〕原指四川成都锦官城一带,后人用作成都的别称。

② 〔开芳宴〕始于唐代的一种习俗,由丈夫主办,活动内容一般为夫妻对坐进行宴饮或赏乐观戏。宋末小说家罗烨在《醉翁谈录》中写道:"常开芳宴,表夫妻相爱耳。"开,举行。

③ 〔兰缸〕指燃烧兰膏的灯具,也常用来表示精致的灯具。

④ 〔早年〕年轻的时候,这里指年轻人。

⑤ 〔缛彩〕绚丽的色彩。

⑥ 〔汉〕天河,银河。《迢迢牵牛星》中的"皎皎河汉女",即为银河中的织女星。

⑦〔依〕靠着,依靠。
⑧〔千金笑〕指美丽女子的笑。
⑨〔九枝〕一干九枝的灯具,枝上放置蜡烛或加灯油,也泛指一干多枝的灯。

## 译文

正月十五,人们设宴对饮,玩乐庆祝。在精致的灯具下,年轻的容貌显得更加光鲜艳丽。绚丽的灯光遍布大地,一直延伸到天际,夜空中纷繁的火光与银河相连,仿佛是落下的点点繁星,靠着高楼的彩灯好似高悬的明月。美丽女子动人的笑颜也映照在这星月灯火之中。

## 导读

农历正月元旦之后,人们忙着庆贺、拜年,虽有新衣美食,但在外娱乐游赏的活动还比较少;元宵节则将这种沉闷的气氛打破,把欢庆活动推向了高潮。绚丽多彩的元宵灯火将大地点缀得五彩缤纷,甚至一直绵延不绝地与昊昊天穹连成一片。宋代以后,元宵节的热闹繁华更是盛况空前,人们不但在节日之夜观灯赏月,而且尽情歌舞游戏。更为浪漫的是,青年男女往往在这个欢乐祥和的日子里相互表达爱慕之意。

## 诗词小知识

### 为什么元宵节也叫"灯节"?

元宵佳节,民间往往会举行灯会,这已经是中国人几千年来约定俗成的传统。"一曲笙歌春如海,千门灯火夜似昼",灯节的历史可以上溯到汉代,汉明帝为弘扬佛法,下令在正月十五的夜晚点亮宫中和寺院的灯火,后来就形成了元宵点灯的习俗。古人在这天,张灯结彩,观赏玩乐,故又把元宵节叫做灯节。唐代时,灯节更加隆重,张灯时间从一夜增加到了三夜,人们搭灯轮、开灯市,数里长街都是夜游观灯的人群,灯火通明,直到天亮。

人们除了在元宵节观灯,还会猜谜。猜灯谜,又叫"打灯谜",是中国独有的极具民族特色的风俗,从古代流传至今,经久不息。灯谜由谜面、谜目和谜底构成,谜面是条件,谜目好比是猜测的范围,谜底就是答案了。

下面几个小灯谜,你能猜对吗?

1) 灯谜一:十张口,一颗心(打一字)

2) 灯谜二:赶制元宵闲不住(打一俗语)

3) 灯谜三:公用毛巾(打一成语)

4) 灯谜四:双喜临门(打一中国地名)

**答案:**1)思 2)忙得团团转 3)面面俱到 4)重庆

# 二月二日①

【唐】李商隐

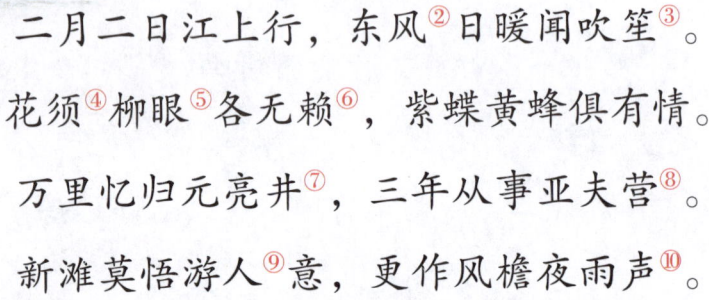

二月二日江上行，东风②日暖闻吹笙③。

花须④柳眼⑤各无赖⑥，紫蝶黄蜂俱有情。

万里忆归元亮井⑦，三年从事亚夫营⑧。

新滩莫悟游人⑨意，更作风檐夜雨声⑩。

龙抬头

## 注释

① 〔二月二日〕蜀地风俗，二月二日为踏青节。

② 〔东风〕春风。

③ 〔笙〕一种管乐器。它是用若干根装有簧的竹管和一根吹气管装在一个锅形的座子上制成的。

④ 〔花须〕花蕊，因花蕊细长如须，所以称为花须。

⑤ 〔柳眼〕柳叶的嫩芽，因形态似人刚刚睁开的睡眼，故称柳眼。

⑥ 〔无赖〕本指人放刁撒泼，蛮不讲理；这里形容花柳肆意生长，撩起游人的羁愁。

⑦ 〔元亮井〕这里指故里。元

亮，东晋诗人陶渊明的字。
⑧〔亚夫营〕这里借指柳仲郢的军幕。亚夫，即周亚夫，汉代的将军。他曾屯兵在细柳（在今陕西咸阳西南）防御匈奴，以军纪严明著称，后人称为"亚夫营""细柳营"或"柳营"。
⑨〔游人〕作者自指。
⑩〔风檐夜雨声〕夜间檐前风吹雨打的声音。形容江边浪潮声的凄切。

## 译文

在二月二日这天，我到江上春游，春风和畅，阳光送暖，乐曲悠扬。花蕊如须，柳芽如眼，它们婀娜多姿肆意生长，紫蝶、黄蜂在空中盘旋飞舞，情意绵绵。而我客居万里之外，常思回归故里，在外供职已有三年时光。江上的新滩不理解我此刻的心情，浪潮哗哗作响，像夜里风雨吹打屋檐发出的声音。

## 导读

《二月二日》是李商隐创作的一首七言律诗。创作于他在柳幕的第三年。全诗以江间春色反衬自己凄苦的身世。首句"二月二日江上行"点明诗人于踏青节在江上春游。次句"东风日暖闻吹笙"写江行游春的感觉和印象。和煦的东风，温暖的旭日，都散发着春意，就是那笙声，也似乎带着春回大地的暖意。此诗前半部分写自然景物赏心悦目的"美"，后半部分写自己失意后凄苦不堪的"愁"。诗人写离愁，却偏偏把景物写得很美；这春景越美，诗人心中的愁意就越浓。这首诗以乐境反衬愁思，取得了异样的艺术效果。

## 诗词小知识

### 什么是"龙抬头"？

农历二月二日，青龙星宿从东面的地平线上开始显现，俗称"龙抬头"。传说，从这天开始，龙要行云布雨，为万物的生长创造良好条件。因此，民间还有一些助力龙抬头的习俗，比如扶青龙、引青龙等，为的就是祈求神龙成功降雨，保佑这一年风调雨顺。清朝以后人们剃发蓄辫，但正月不剃，直到"龙抬头"这天才剃龙头，这一风俗至今依然流行。

社日节

## 社 日①

【唐】王 驾

鹅湖山②下稻粱肥,豚(tún)栅(zhà)鸡栖③半掩扉。

桑柘(zhè)④影斜⑤春社散,家家扶得醉人⑥归。

### 注释

① 〔社日〕古代祭祀土地神的日子,又分为"春社"和"秋社"。

② 〔鹅湖山〕在江西省铅山县,一年两稻,故在春社日,稻粱已肥,丰收在望。

③ 〔豚栅鸡栖〕猪栏、鸡窝。

④ 〔桑柘〕桑树和柘树,这两种树的叶子均可用来养蚕。

⑤ 〔影斜〕树影倾斜,太阳偏西。

⑥ 〔醉人〕指喝醉酒的人。

### 译文

鹅湖山下,庄稼长势喜人,猪满圈,鸡成群,

村舍门扉半掩，村民们尚未归家。待到天色已晚，桑树柘树的影子越来越长，春社欢宴的人群才渐渐散去。家家户户都有喝得醉醺醺的人，在一片欢声笑语里被家人搀扶着回家。

## 导读

古时在春秋两季各有一天要例行祭祀土地神，分别叫作"春社"和"秋社"。王驾这首《社日》，虽没有一字正面描写作社的情景，却描绘出了这个节日的欢乐。一起到诗里看看这幅富庶兴旺的江南农村社日风俗画吧。

## 诗词小知识

### "社日"是什么日子？

社日节，中国传统节日，又称"土地诞"。社日分为春社和秋社。春社按立春后第五个戊日推算，一般在农历二月初二前后，秋社按立秋后第五个戊日，大概在新谷登场的农历八月。古代把祭祀土地神的地方叫"社",按照中国民间的习俗,每到播种或收获的季节,农民们都要立社祭祀,酬报土地神。

古人认为土生万物,土地神管理着五谷的生长和地方的平安。二月二是土地公公的生日。为给土地公公"暖寿",在社日到来时,有的地方有举办"土地会"的习俗,家家凑钱为土地神祝贺生日,到土地庙烧香祭祀,敲锣鼓,放鞭炮。有的地方的民众则集会竞技,进行各种类型的作社表演,并集体欢宴,表达祝愿与娱乐两不误。

南方在二月二日仍延续祭社(土地神)的习俗,如在浙江、福建、广东、广西等地区,既有龙抬头的习俗,又有以祭社习俗为主的习俗。

# 游山西村

【宋】陆　游

莫笑农家腊酒①浑,丰年留客足鸡豚②。

山重水复③疑无路,柳暗花明④又一村。

箫鼓⑤追随春社⑥近,衣冠简朴古风存⑦。

从今若许⑧闲乘月⑨,拄杖无时⑩夜叩门⑪。

## 注释

① 〔腊酒〕腊月里酿造的酒。

② 〔足鸡豚〕意思是准备了丰盛的菜肴。足,足够;丰盛。豚,小猪,诗中代指猪肉。

③ 〔山重水复〕一座座山、一道道水重重叠叠。

④ 〔柳暗花明〕柳色深绿,花色红艳。

⑤ 〔箫鼓〕吹箫打鼓。

⑥ 〔春社〕古代把立春后第五个戊日定为春社日,在这天拜祭社公(土地神)和

五谷神，祈求丰收。

⑦〔古风存〕保留过去淳朴的风俗。

⑧〔若许〕如果这样。

⑨〔闲乘月〕有空闲时趁着月色前来。

⑩〔无时〕没有一定的时间，即随时。

⑪〔叩门〕敲门

## 译文

不要笑农家那腊月里酿的酒浑浊不醇厚，为了庆贺这丰收的一年，他们拿出了丰盛的菜肴招待客人。山峦重叠，水流曲折，正担心无路可走，忽然在柳绿花艳间又出现一个山村。社日将近，一路上迎神的箫鼓声随处可闻，布衣素冠，淳朴的古代风俗依旧保留。今后如果还能趁着大好月色出外闲游，我随时会拄着拐杖来敲乡亲们的家门。

## 导读

这首诗描写了江南农村的日常生活。全诗首写诗人出游到农家，次写村外之景物，复写村中之情事，末写频来夜游。所写虽各有侧重，但以"游村"贯穿，并把秀丽的自然风光与淳朴的乡村习俗和谐完整地统一在一幅画面里，构成了恬淡、隽永的格调。此诗立意新巧，运用白描手法，没有涂抹辞藻之感，自然成趣。

## 诗词小知识

### 什么是"春社"？

春社，即春天祭祀土地神的日子。古人为了祈求一年五谷丰登，往往会在春分前后的春社日举行祭祀土地神的活动。祭祀完毕，村民们往往还会举办宴饮。"桑柘影斜春社散，家家扶得醉人归"描写的就是人们的春社活动。这一天，人们集会竞技，奏乐表演，集体宴饮，热闹非凡。

上巳节

# 丽人行（节选）

【唐】杜　甫

三月三日①天气新，长安水边多丽人。

态浓②意远③淑且真④，肌理细腻⑤骨肉匀⑥。

绣罗衣裳照暮春，蹙金孔雀银麒麟。

## 注释

① 〔三月三日〕为上巳日，唐代长安仕女多于此日到城南曲江游玩踏青。

② 〔态浓〕姿态浓艳。

③ 〔意远〕神气高远。

④ 〔淑且真〕淑美不做作。

⑤ 〔肌理细腻〕皮肤细嫩。

⑥ 〔骨肉匀〕身材匀称。

## 译文

在三月三日的阳春时节，天气清新，长安曲江河畔聚集了众多美人。她

们姿态浓艳，神气高远，淑美不做作，肌肤细腻，身材匀称，华丽的衣裳映衬暮春风光，用金银丝线绣成的孔雀和麒麟光彩夺目。

## 导读

天宝十二载（753）春，杜甫写下这首描绘上巳节丽人们游春宴饮的诗篇，笔调细腻生动。实际上全诗是对杨国忠兄妹骄奢淫逸的含蓄不露的讽刺。整首诗不空发议论，只是尽情揭露事实，语极铺张，而讽意自见，是一首绝妙的讽刺诗。此处为节选。

## 诗词小知识

### "三月三"是什么节日？

上巳（sì）节，俗称"三月三""重三"，是汉民族传统节日。在汉代以前，将三月上旬的巳日定为上巳节，是古代举行"祓（fú）除畔浴"活动的节日。这一天，人们会结伴去水边沐浴，称为"祓禊（xì）"。魏晋以后，上巳节的时间改为三月初三,并逐渐发展出水边饮宴、郊外游春的节日风俗。"三月三日天气新,长安水边多丽人"反映的就是这一天女子结伴在水边春游的场景。

## 寒食①

【唐】韩 翃(hóng)

春城②无处不飞花,寒食东风御柳③斜。

日暮汉宫④传蜡烛,轻烟散入五侯⑤家。

### 注释

① 〔寒食〕节令名,在农历清明前一两天。南朝《荆楚岁时记》记:"去冬节（即冬至节）一百五日,即有疾风甚雨,谓之寒食。"本篇诗题又叫《寒食日即事》。

② 〔春城〕指春天的长安城。

③ 〔御柳〕宫苑里的杨柳。

④ 〔汉宫〕实指唐宫。

⑤ 〔五侯〕指当权的外戚或宦官。

### 译文

春天的长安城没有一处不飞舞着落花,在寒食节这天,皇宫里的

柳丝被东风吹斜。黄昏时皇宫里为王侯近臣传赐蜡烛燃火，在本应禁火的夜晚，那蜡烛的轻烟却飘散在受宠的官宦之家。

## 导读

"寒食"是中国古代的传统节日，古人在寒食节前后三天不生火，只吃现成冷食，故名"寒食"。韩翃写的这首《寒食》，前两句用白描手法写实，描写了白昼长安城柳絮飞舞，落红无数的迷人春景和皇宫园林风光；后两句则写夜晚景象，寒食节虽然禁火，但得宠的官员却可以得到皇上特赐的烛火，家里轻烟缭绕。诗中充溢着对皇城春色的陶醉和对盛世承平的歌咏，同时暗含委婉的讽谏。

## 诗词小知识

**你知道"寒食节"的起源吗？**

春秋时期，晋国公子重耳为躲避祸乱而流亡他国长达19年，大臣介子推始终追随左右，不离不弃。重耳励精图治，后来成为了一代名君"晋文公"。但介子推不求利禄，选择在重耳功成名就之后和母亲归隐绵山。晋文公为了让他出山相见，下令放火烧山，结果介子推坚决不出山，最终被火焚而死。晋文公感念忠臣之志，将其葬于绵山，修祠立庙，并下令在介子推死难之日禁火寒食，以寄哀思，这就是"寒食节"的由来。古代寒食节也叫"禁烟节"，这天，为了纪念介子推，家家户户禁止生火，都吃冷食。

## 清明感事（其一）

【宋】王禹偁

无花无酒过清明，兴味①萧然②似野僧。

昨日邻家乞新火，晓窗分与读书灯。

### 注释

① 〔兴味〕兴趣、趣味。
② 〔萧然〕清净冷落。

### 译文

　　我在清明节无花可赏，无酒可喝，这般寂寞清苦，就像荒山野庙里的和尚，一切都显得兴味索然。破晓时用昨天从邻家讨来的火种，点亮窗边伴我读书的灯。

## 导读

此诗作于诗人贬居商州期间。清明节这天，本应外出踏青赏花，举杯畅饮，可是诗人此时却一贫如洗，既无花也无酒，如置身于荒山寺庙里的和尚，清冷孤独，兴味索然，所以作此诗来寻求慰藉。但人穷志不穷，诗人在清明佳节仍刻苦用功，以读书为乐。这盏借来的新火点亮了窗前陪伴诗人苦读诗书的灯，也点燃了诗人生命的火炬，照亮了一个清贫知识分子前进的道路。

## 诗词小知识

### "乞新火"中的"新火"是什么火？

按照唐宋习俗，在清明前一日，民间禁火寒食，到清明节再重新起火开灶，所以称为"新火"。随着寒食节禁火的习俗得到官方推崇，禁与燃之间也有了更多的皇权意义。从唐朝开始，清明节重新燃火变得非常神圣，传赐火种背后也体现了皇帝的恩宠。

# 苏堤①清明即事②

【宋】吴惟信③

梨花风④起正清明,游子寻春半出城。

日暮笙歌⑤收拾去,万株杨柳属⑥流莺。

## 注释

① 〔苏堤〕苏轼在杭州做官时指挥疏浚西湖,主持修筑堤岸,后人为缅怀苏轼,称"苏公堤",简称"苏堤"。

② 〔即事〕歌咏眼前景物。

③ 〔吴惟信〕字仲孚,湖州(今属浙江)人。南宋后期诗人。

④ 〔梨花风〕古代认为从小寒至谷雨有二十四番应花期而来的风。梨花风为第十七番花信风。在梨花风后不久即是清明。

⑤ 〔笙歌〕乐声、歌声。

⑥ 〔属〕归于。

## 译文

梨花风起宣告着清明的到来,城里半数的人都出来

春游踏青。黄昏时刻，纵情游乐的人们散去之后，城外这万千柳影摇曳的美景就只能留给黄莺享受了。

## 导读

清明节在公历4月4日至4月6日之间，以4月5日最常见。清明时正值仲春，往后便步入暮春了。在清明前后，春意盎然，正是踏青赏春的佳时。吴惟信这首诗描写了清明时苏堤旁游人游春的热闹场面以及游人散去后幽美的景色。此诗虽短小，容量却大，从白天直写到日暮。春光明媚、和风徐徐的西子湖畔，游人如织。到了傍晚，踏青游湖的人群已散，笙歌已歇，但西湖仍万树流莺，鸣声婉转，春色依旧。这首诗把清明佳节的西湖，描绘得确如人间天堂。

## 诗词小知识

### 古人有哪些回应春天的方式？

周密在《武林旧事》中记："寒食祭先扫松，清明踏青郊行。"清明出外踏青时，古人往往还会进行斗草、放风筝、斗鸡等活动。至明清时期，春游的娱乐活动已经非常丰富。射柳是踏青的特色娱乐项目，古人将鸽子放在葫芦里，挂于柳树上，弯弓射柳，若葫芦被击中则鸽子飞出。女子则喜欢在这个季节荡秋千。由于在清明节荡秋千的活动很受欢迎，明清还将清明节定为"秋千节"。放风筝也是当时流行的风俗。人们相信，放风筝能够消灾解难，赶走晦气。因此，许多人在放风筝时，将灾祸疾病写在风筝上，然后在风筝升空时剪断风筝线，希望以此带来好运。另外，明清时期还新增了各类体育项目，其中的女子蹴鞠让人眼前一亮。明初有一位善踢球的女子叫彭云秀。陈继儒在《太平清话》中记："国初，彭氏云秀，以女流清芬，挟是技游江湖。叩之，谓有解一十六……"说的就是彭云秀会16种踢法，全身触球而球永不坠地。直至今日，人们在春游时不再只是旖旎地赏花吟诗，而是更多地选择借此机会健身出汗。

## 渔家傲

【宋】欧阳修

五月榴花妖艳烘①。绿杨带雨垂垂重。五色新丝缠角粽。金盘送。生绡②画扇盘双凤。

正是浴兰③时节动。菖蒲酒④美清尊共。叶里黄鹂时一弄。犹瞢忪⑤。等闲惊破⑥纱窗梦。

**端午节**

### 注释

① 〔妖艳烘〕红艳似火。烘,燃烧。
② 〔生绡〕未漂煮过的丝织品。古时多用以作画,因亦以指画卷。
③ 〔浴兰〕端午习俗,以兰草为浴。
④ 〔菖蒲酒〕用菖蒲浸制的酒。
⑤ 〔瞢忪〕形容刚睡醒时眼睛模糊不清。
⑥ 〔惊破〕打破。

### 译文

五月是石榴花开的季节,杨柳被细雨润湿,

枝叶低沉地垂着。人们用五彩丝线包粽子，煮熟后盛在镀金的盘子里，送给闺中女子。这一天正是端午，人们沐浴更衣，想祛除身上的污垢和秽气，又举杯饮下菖蒲酒以驱邪避害。窗外不时传来树丛中黄鹂鸟的鸣唱声，打破了闺中的宁静，惊醒了那纱窗后手持双凤绢扇、睡眼惺忪的女子的美梦。

## 导读

这是欧阳修的一首词。上片写端午节的风俗。描绘了"榴花""杨柳""角粽"等端午节的标志性景象，传达了人们在端午节的喜悦之情。下片写端午节人们的沐浴更衣、饮酒驱邪的风俗。紧接着抒情，抒发了一种离愁别绪的情思。

## 诗词小知识

**"端午节"是为纪念屈原而诞生的吗？**

其实，端午节的起源要比屈原更早。可以说，端午节和屈原之间是一种巧合，因为屈原恰好选在了端午这天投江。

"端午"二字，寓意深刻。"端"在古时有开头、初始的意思，古人习惯把五月的前几天分别以端来称呼，如端一、端二。而古人纪年、纪月、纪日、纪时通常采用天干地支，按照十二地支推算，第五个月即为"午月"，因此，五（午）月的第一个午日，称之为"端午"。端午节最早源自天象崇拜，由上古时代龙图腾祭祀演变而来。端午祭龙礼俗的形成与原始信仰、祭祀文化、干支历法以及苍龙七宿正处南中的天象有关。中国古代的星象文化源远流长、博大精深，古人很早开始就探索宇宙的奥秘，并由此演绎出了一套完整深奥的观星文化。

近代大量出土文物和考古研究表明：早在上古时代，先民便创造出璀璨的文明。他们有断发文身的习俗，生活于水乡，自比是龙的子孙，端午节就是他们创立用于祭祖的节日。因此，端午节最主要的两个活动——吃粽子与竞渡，都与龙相关。

最早将屈原和端午节联系起来的，是南梁吴均的神话志怪小说《续齐谐记》，此时屈原已去世750年以上。虽然此前许多端午习俗与屈原无关，但千百年来，屈原的爱国精神和感人诗歌，已家喻户晓，因此，端午纪念屈原之说影响极广极深。

# 午日①观竞渡

【明】边 贡

共骇②群龙水上游,不知原是木兰舟③。

云旗猎猎翻青汉④,雷鼓嘈嘈殷⑤碧流。

屈子冤魂终古⑥在,楚乡遗俗至今留。

江亭暇日⑦堪高会⑧,醉讽离骚不解愁。

### 注释

① 〔午日〕端午节这天。

② 〔骇〕惊骇。

③ 〔木兰舟〕这里指龙舟。

④ 〔青汉〕云霄。

⑤ 〔殷〕震动。

⑥ 〔终古〕从古至今。

⑦ 〔暇日〕空闲。

⑧ 〔高会〕指端午节会船竞渡。

## 译文

在端午节这天，围在岸上的人们，难以置信地看着群龙在水上嬉戏，不知道原来这是装饰成龙形的小船。船上的彩旗被风吹得猎猎作响，在空中翻飞，鼓声如雷，激起清流。从古到今屈原的冤魂不散，楚国的风俗至今仍存。这闲暇的日子正适合在江亭喝酒聚会，借着酒劲诵读《离骚》，也不能排解其中的忧愁。

## 导读

《午日观竞渡》是明代诗人边贡的一首关于端午节的七言律诗，描写了端午节赛龙舟的场景，表达了自己对爱国民族英雄屈原的崇敬之情，同时也流露出对自己仕途的忧虑。这首诗从端午节期间戏水、赛龙舟的风俗开始写起，触景生情，表明了对屈原的思念，对异乡的端午风俗的认同，也传递出闲暇的日子里的一丝丝闲愁。

## 诗词小知识

### 赛龙舟、吃粽子的由来

端午节也叫"龙舟节"。传说屈原在这天投江,楚人舍不得他死去,众人划船追赶,追至洞庭湖时却不见屈原的踪迹,这是龙舟竞渡的起源。后来在每年农历五月初五,人们划龙舟,驱散江鱼,纪念屈原。如今,赛龙舟已成为端午节最具代表性的习俗之一。这一天,河面船桨翻飞,水花四溅,船上擂鼓助威,乘龙破浪。

丢粽子入江以保存屈原尸体虽是传说,包粽子作为端午时俗,已成为人们祭祀屈原的重要方式。粽子又称"角粽",由粽叶包裹糯米蒸制而成,早在春秋时期就已出现,最初用来祭祀祖先和神灵,后成为端午节庆食物。传说,屈原托梦百姓,称投入江中的祭祀之物皆被蛟龙所偷,如果用艾叶包糯米,并用五色丝线捆好,可保其免遭蛟龙所食,从此人们就通过包粽子来纪念他。

## 夜书所见

【宋】叶绍翁

萧萧①梧叶送寒声,江上秋风动客情②。

知有儿童挑③促织④,夜深篱落⑤一灯明。

### 注释

① 〔萧萧〕风声。

② 〔客情〕旅客思乡之情。

③ 〔挑〕挑弄、引动。

④ 〔促织〕俗称蟋蟀,有的地区又叫蛐蛐。

⑤ 〔篱落〕篱笆。

### 译文

瑟瑟的秋风吹动梧桐树叶,送来阵阵寒意,这江上秋风撩拨起我的思乡之情。忽然看到远处篱笆下的一点灯火,

料想是孩子们在捉蟋蟀。

## 导读

《夜书所见》中的"见"是一个古今字,但在本文中是"看见,所见"的意思。所以在这里应读"jiàn"。题目的意思是:在孤寂夜里写写所思念的景象。萧萧秋风吹动梧叶,送来阵阵寒意,客游在外的诗人不禁思念起自己的家乡。最记挂的是自己疼爱的孩子,此时他可能还在兴致勃勃地斗蟋蟀,即使夜深人静了还不肯睡眠。这首诗抒发了诗人的羁旅之愁和思乡之情。草木凋零,百卉衰残,江上秋风瑟瑟寒,梧叶萧萧吹心冷。诗中一个"送"字令人仿佛听到寒气砭骨之声。节候迁移,景物变换,最容易引起旅人的乡愁。作者客居异乡,静夜感秋,写下了这首情思婉转的小诗。

## 诗词小知识

### 什么是"斗草"?

儿童斗草,古代很久以前就有斗百草的民间

游戏,又称为"斗草""斗花",分为文斗和武斗两种方式。文斗比拼的是参与者的植物知识,以认出更多植物者为获胜方;斗草时更常见的形式是武斗,武斗就是双方把草茎相互交叉互相拉扯,直到一方的草被扯断为止,没有断的那一方获胜。"采采芣苢(fú yǐ),薄言采之"写的就是儿童斗草嬉戏的画面,其中"芣苢"是车前子草,这是玩斗草的好材料。这一极受欢迎的儿童游戏,到了南北朝开始演变为端午节的节日习俗。

## 乞 巧

【唐】林 杰

七夕今宵看碧霄①,牵牛织女渡河桥。

家家乞巧望秋月,穿尽红丝几万条②。

### 注释

① 〔碧霄〕指浩瀚无际的青天。
② 〔几万条〕比喻多。

### 译文

七夕佳节的晚上,人们都抬头仰望浩瀚天空,好像能看见牛郎织女渡过银河在鹊桥上相会。家家户户都在一边观赏秋月,一边乞巧,穿过的红线都有几万条了。

## 导读

这是一首描写民间七夕乞巧盛况的名诗，诗句浅显易懂、想象丰富、流传很广。诗句涉及家喻户晓的牛郎织女的神话故事，表达了少女们乞取智巧、追求幸福的美好心愿。

## 诗词小知识

### "七夕节"是什么节日？

七夕节，又称"乞巧节""七巧节""七姐节""女儿节""牛公牛婆日"等，是中国民间的传统节日。七夕节由星宿崇拜演化而来：古人发现天上有两颗星被银河隔得很开，又特别明亮，联系当时男耕女织的分工模式，就把它们分别叫做"牛郎星"和"织女星"，后来又演变出牛郎织女的美丽爱情传说，于是这个节日又有了爱情的色彩。也有一说法，七夕为传统意义上的"七姐诞"，因拜祭"七姐"活动在七月七日晚举行，故名"七夕"。拜七姐,祈福许愿、乞求巧艺、祈祷姻缘等都是七夕的传统习俗。所谓"乞巧",就是向织女乞求一双巧手的意思,"乞巧"最普遍的方式是对月穿针,如果线从针孔穿过,就叫"得巧"。这一习俗在唐宋时最盛。

为保护传统文化,人们把七夕当成中国的情人节,与西方的情人节相对应。现在,"七夕"被认为是中国最具浪漫色彩的传统节日,具有更深的文化含义。

## 迢迢牵牛星①

迢(tiáo)迢牵牛星,皎皎②河汉女。

纤纤③擢(zhuó)④素⑤手,札札(zhá)⑥弄机杼(zhù)⑦。

终日不成章⑧,泣涕零如雨。

河汉清且浅,相去复几许。

盈盈一水⑨间,脉脉(mò)⑩不得语。

### 注释

① 选自《古诗十九首》。作者不详,写作时代大约在东汉末年。迢迢,遥远的样子。
② 〔皎皎〕明亮的样子。
③ 〔纤纤〕纤长的样子。
④ 〔擢〕引、抽、伸出的意思。
⑤ 〔素〕洁白。
⑥ 〔札札〕象声词,机织声。
⑦ 〔杼〕织布机上的梭子。
⑧ 〔章〕指布帛上的经纬纹理,这里指整幅的布帛。这句是用《诗经·小

雅·大东》"跂彼织女，终日七襄。虽则七襄，不成报章"语意，《诗经》原意是说织女徒有虚名，终日也织不成布。而这里则是说织女因相思而无心织布。

⑨〔一水〕指银河。

⑩〔脉脉〕相视无言的样子。

## 译文

  在银河东南牵牛星遥遥可见，在银河之西织女星明亮皎洁。织女正摆动纤长洁白的双手，织布机札札地响个不停。一整天也没织成一段布，哭泣的眼泪如下雨般零落。这银河看起来又清又浅，两岸相隔又有多远呢？虽然与心上人只相隔了一条银河，但也只能脉脉含情相视无言。

## 导读

  《迢迢牵牛星》是《古诗十九首》的代表作之一。诗人借神话传说牛郎、织女被银河相隔而不得相见的故事，比喻了人间思妇对辞亲远去的丈夫的相思，抒发了因爱情遭受挫折而痛苦忧伤的心情。字里行间，还有着一定的不满和反抗意识。

## 诗词小知识

### 牛郎织女的传说从何而来?

中国古代的星象文化源远流长、博大精深。早在远古时代,人们就已经学会了观察星象,并能将天空星区与地理区域一一对应。追求秩序的古人们把天空规划得井井有条,叫作"分星",把星宿和地面都作了对应,这叫作"分野"。在我国古代星官体系中,有"牛宿星"(也叫牵牛星、牛郎星)与"织女星",合称为"牛郎织女"。后来又逐渐演变出了牛郎织女的爱情故事。传说织女擅长织布,每天给天空织彩霞。她讨厌枯燥重复的生活,就偷偷下凡,后来又嫁给河西的牛郎,过上男耕女织的生活。这件事惹怒了王母娘娘,于是王母派人把织女捉回天宫,责令他们分离,他们坚贞的爱情感动了喜鹊,无数喜鹊飞来,用身体搭成一道跨越天河的喜鹊桥,让牛郎织女在天河上相会。后来，王母娘娘只好允许他们在每年农历七月初七在鹊桥上相会一次。

　　牛郎织女的故事，是我国四大民间传说之一。其余三个为"梁山伯与祝英台""孟姜女哭长城""白蛇传"。

# 中元节

## 中元作

【唐】李商隐

绛节①飘飖②宫国来,中元朝拜上清回。

羊权须得金条脱③,温峤终虚玉镜台④。

曾省⑤惊眠闻雨过,不知迷路为花开。

有娀⑥未抵瀛洲⑦远,青雀如何鸩鸟媒。

### 注释

① 〔绛节〕古代使者所持的红色符节。

② 〔飘飖〕同"飘摇"。

③ 传说仙女萼（è）绿华夜降羊权家,与之幽会,并赠其金、玉手镯。条脱,即手镯。

④ 东晋温峤看中从姑之女,却假装为其说媒觅婚,送去玉镜台一座并称已为其找到夫婿。待结婚当天,新娘拨开纱帐,发现新郎竟是温峤本人,也拍手大笑："我早就料到是你这个老家伙。"

⑤〔省〕同"醒",清醒。

⑥〔瀛洲〕是虚构的仙境之地,可以指古代中国神话传说中的东海仙山。

## 译文

我在中元节前去上清宫朝拜,庙观里仪仗宏大,旌旗飘扬,犹如天宫仙境一般。自己就好像是羊权,却没有得到金手镯、遇上心上人,恰似温峤,却不能像他一样明媒正娶。半夜辗转难眠多次惊醒,听着外面秋雨滴答不停,可就是不知道如何能够让花开。有娀国并没有像传说中的仙山瀛洲那么远,为何屈原不用青鸟做媒,偏偏用鸩鸟?这明显是不可能的。

## 导读

《中元作》是唐代诗人李商隐创作的一首七言律诗。本诗表现了一段纯洁而凄婉的爱情故事。浪漫的七夕刚过,李义山辗转得见少年时的梦中情人,其人虽在,却已经犹如人仙殊途,物是人非。这首诗用典颇多,注意体会哦。

## 诗词小知识

### 什么是"中元节"?

中元节,是源于道教的称呼,民间俗称"七月半",本是民间的祭祖节。节日习俗主要有祭祖、放河灯、祀亡魂、焚纸锭、祭祀土地等。它的诞生可追溯到上古时代的祖灵崇拜以及时祭风俗。七月乃吉祥月、孝亲月,七月半是民间初秋庆贺丰收、酬谢大地的节日,有若干农作物成熟,民间按例要祀祖,用新稻米等祭供,向祖先报告秋成。它是追怀先人的一种传统节日,其文化核心是敬祖尽孝。

在《易经》中,"七"是一个变化的数字,是复生之数。《易经》载:"反复其道,七日来复,天行也。"七是阳数、天数,天地之间的阳气绝灭之后,经过七天可以复生,这是天地运行之道,阴阳消长循环之理,民间选择在农历七月十四祭祖与"七"这复生数有关,即十四为"双七"。

# 水调歌头

【宋】苏　轼

丙辰①中秋，欢饮达旦②，大醉，作此篇，兼怀子由③。

明月几时有？把酒问青天。不知天上宫阙④，今夕是何年。我欲乘风归去⑤，又恐琼楼玉宇⑥，高处不胜⑦寒。起舞弄清影，何似⑧在人间。　　转朱阁⑨，低绮户⑩，照无眠。不应有恨，何事长向⑪别时圆？人有悲欢离合，月有阴晴圆缺，此事古难全。但⑫愿人长久，千里共婵娟⑬。

### 注释

① 〔丙辰〕指宋神宗熙宁九年（1076）。这一年苏轼在密州（今山东省诸城市）任太守。

② 〔达旦〕到天亮。

③〔子由〕苏辙（苏轼弟弟）的字。

④〔天上宫阙〕指月中宫殿。阙，古代城墙后的石台。

⑤〔归去〕回去，这里指回到月宫里去。

⑥〔琼楼玉宇〕美玉砌成的楼宇，这里指诗人想象中的仙宫。

⑦〔胜〕承担、承受。

⑧〔何似〕何如，哪里比得上。

⑨〔朱阁〕朱红色的楼阁。

⑩〔绮户〕雕饰华丽的门窗。

⑪〔长向〕总是在。

⑫〔但〕只。

⑬〔婵娟〕指月亮。

## 译文

丙辰年（1076）的中秋节，我通宵痛饮直到天亮，大醉，趁兴写下这篇文章，同时抒发对弟弟子由的怀念之情。

像今天这样美丽的明月几时能有？我拿着酒杯遥问苍天。不知道天上的宫殿，现在又是什么日子。我想凭着风力回到天上去看一看，又担心美玉砌成的楼宇太高了，我经受不住寒冷。起身舞蹈玩赏着月光下自己清朗的影子，天上的月宫哪里比得上这烟火人间？

月亮转过朱红色的楼阁，低低地挂在雕花的窗户上，照着没有睡意的人。明月不应该对人们有什么怨恨吧，可又为什么总在人们离别时才圆整呢？人生本就有悲欢离合，月亮也有圆缺变化，（想要人团圆时月亮正好也圆满），这样的好事自古就难以两全。只希望世人都能健康长寿，即使相隔千里也能共赏明月。

## 导读

这首词是宋神宗熙宁九年（1076）中秋作者在密州时所作。当年，苏轼因为与当权的变法者王安石等人政见不同，自求外放，此后多年辗转在各地为官。他与苏辙兄弟情深，因此曾经要求调任到离弟弟比较近的地方为官，以求兄弟多聚。宋熙宁七年（1074）苏轼到了密州。可惜到密州后，这一愿望仍无法实现。至公元1076年的中秋，皓月当空，银辉遍地，词人与胞弟苏辙分别之后，已是七年未得团聚了。此刻，词人面对一轮明月，心潮起伏，于是乘酒兴正酣，挥笔写下了这首千古名篇。

## 诗词小知识

### 古人对月亮的崇拜

中秋节，又称"祭月节""月光诞""月夕""秋节""拜月节""月娘节""月亮节""团圆节"等，是中国民间四大传统节日之一。中秋节最早源自人们对天象的崇拜，由上古时代秋夕祭月演变而来。它起源于上古时代，普及于汉代，定型于唐代。最初"祭月节"定在二十四节气中的"秋分"这天，后来才调至农历八月十五日。中秋节祭月作为民间过节的重要习俗之一，逐渐演化出赏月、颂月等活动。所以自古中秋就有祭月、赏月、吃月饼、看花灯、赏桂花、饮桂花酒等民俗，流传至今，经久不息。

## 一剪梅·中秋元月

【宋】辛弃疾

忆对中秋丹桂丛。花在杯中,月在杯中。今宵楼上一尊同,云湿纱窗,雨湿纱窗。

浑欲乘风问化工①。路也难通,信也难通。满堂惟有烛花红,杯且从容,歌且从容。

### 注释

① 〔化工〕造物者,上天。辛弃疾特别喜欢用典,"化工"一词大约就是典故,大概出于汉朝贾谊的《鵩鸟赋》中一句:"且夫天地为炉兮,造化为工!阴阳为炭兮,万物为铜!"即天地就像一个大熔炉,造化就是炉匠,阴阳二气生起炭火,万物像铜一样都在里头熔炼翻滚。人与万物在这世上,就如被放在一只大炉子中熬炼那么苦恼。

### 译文

回忆昔日中秋,我

在丹桂丛中，饮酒赏月，花在酒杯中，月在酒杯中。今年的中秋，因为下雨，只能在楼上过，酒是相同的，眼前的场景却不相同，窗前又是云，又是雨。我想乘风上天去问，奈何天路不通，书信无门。画堂里没有月亮，只有红烛照妖，只好从容地饮酒歌舞。

## 导读

《一剪梅·中秋无月》是南宋爱国词人辛弃疾于中秋之夜创作的一首词。该词上片描写了词人的回忆，在昔年一个晴朗的中秋，词人曾置身丹桂丛中，月波花影荡漾在酒杯中，而今晚却是云雨湿透纱窗、只有蜡烛闪光的情景。下片描写了词人想要乘风上天去质问天宫，但路也难通，信也难通，只得在烛光下慢慢喝酒、唱歌的情景，表达了词人壮志难酬、怀才不遇的愤懑情怀。该词上下片二、三、五、六句用叠韵，仅首字相异，形成一种特殊的回环的音韵美，读来如口含珠玉，悦耳动听。

## 诗词小知识

### 中秋吃月饼的习俗

中秋吃月饼,最早源于拜月祭,人们会朝月亮摆好祭品,焚香叩拜,随后撤供,分食供品。有史料记载,早在殷周时期,江浙一带就有一种纪念太师闻仲的边薄心厚的"太师饼",这是月饼的始祖。汉代张骞出使西域时引进了芝麻胡桃以后,月饼的辅料又大大丰富,于是出现了"胡饼",宋以后成了节令食品。北宋时皇帝中秋节喜欢吃一种宫饼,民间俗称"小饼",因而苏轼有诗:"小饼如嚼月,中有酥与饴。"到了明代中秋吃月饼的习俗才在民间逐渐流行,而后日益层出不穷,口味众多。

**重阳节**

## 醉花阴

【宋】李清照

薄雾浓云愁永昼①，瑞脑②消金兽③。佳节又重阳，玉枕纱厨④，半夜凉初透。　　东篱⑤把酒黄昏后，有暗香盈袖。莫道不消魂⑥，帘卷西风⑦，人比黄花⑧瘦。

### 注释

① 〔永昼〕漫长的白天。
② 〔瑞脑〕一种香料，俗称冰片。
③ 〔金兽〕兽形的铜香炉。
④ 〔纱厨〕纱帐。
⑤ 〔东篱〕泛指采菊之地，取自陶渊明《饮酒》诗："采菊东篱下"。
⑥ 〔消魂〕形容极度忧愁、悲伤。
⑦ 〔西风〕秋风。
⑧ 〔黄花〕菊花。

## 译文

薄雾弥漫，云层浓密，烦人的是白天太长，香料又在金兽香炉中烧尽了。又到重阳佳节，半夜的凉气穿过轻薄的纱帐，浸透洁白的玉枕。在东篱饮酒直到黄昏以后，淡淡的黄菊清香溢满双袖。别说我没有忧愁，待西风卷起珠帘，就可以看到闺中少妇比黄花更消瘦的身姿。

## 导读

这首词是李清照婚后所作，通过描述诗人重阳节把酒赏菊的情景，烘托了一种凄凉寂寥的氛围，表达了她思念丈夫的孤独寂寞心情。尤其是结尾三句，用黄花比喻人的憔悴，用"瘦"字暗示相思之深。全词开篇点"愁"，结句言"瘦"。"愁"是"瘦"的原因，"瘦"是"愁"的结果。含蓄深沉，言有尽而意无穷，历来广为传诵。

## 诗词小知识

### "瑞脑消金兽"是什么意思?

这句诗是宋人用香的日常写照,"瑞脑"指一种熏香,而"金兽"就是指兽形的香炉,金色虎首形香炉。我国的香文化有着悠久的历史。随着制瓷技术的发展和包容开明的文化政策的推行,及至宋代,香几乎遍布到人们生活的方方面面,成为了一种大众皆可享用的日常物品。当时用香最多的是宋代的文人士大夫,他们视其为一件至高无上的风雅趣事。

这首诗里提到的"金兽"是一种动物形香炉。动物形陶瓷香炉在中国传统香炉制造史上不是主流,但它却是古人营造情调不可或缺的工具。宋代的结合动物形象的香炉设计,追求精细、柔媚、文气。宋代文人阶层赋予香炉以雅文化,让香炉从高堂中走出,成为文人燕居焚香的生活方式。

## 九日①齐山②登高

【唐】杜　牧

江涵秋影雁初飞，与客携壶上翠微③。

尘世难逢开口笑，菊花须插满头归。

但将酩酊④酬佳节，不用登临⑤恨落晖。

古往今来只如此，牛山⑥何必独沾衣。

### 注释

① 〔九日〕农历九月九日为重阳节，有登高、饮菊花酒的习俗。

② 〔齐山〕在今安徽省贵池县。杜牧在武宗会昌年间曾任池州刺史。

③ 〔翠微〕这里代指山。

④ 〔酩酊〕醉得稀里糊涂。这句暗用晋朝陶渊明典故。

⑤ 〔登临〕登山临水或登高临下，泛指游览山水。

⑥ 〔牛山〕山名。在今山东省淄博市。春秋时齐景公登上牛山时感到终有一死而悲哀下泪。后遂以"牛山悲"等喻为人生短暂而悲叹，指对事物迭代感到悲哀。

## 译文

江水倒映秋影，大雁刚刚南飞，我与朋友带上美酒，一起登高望远。尘世烦扰众多，平生难得开口一笑，而这山色却让我开怀，看着满山盛开的菊花，我定要把它们摘下，插个满头才肯归去。只应纵情痛饮酬答重阳佳节，不必怀忧登临、叹恨落日余晖。人生短暂，古往今来皆是如此，何必像齐景公那般对着牛山独自流泪。

## 导读

此诗为安抚友人张祜的失意情绪而作，通过记叙重阳登山远眺一事，表达了诗人对人生多忧、生死无常的悲哀和不甘落拓消沉的心情，交织着抑郁和欣喜两种情绪。全诗语言情调爽利豪宕，风格健拔而又含思凄恻。

## 诗词小知识

**重阳登高插茱萸**

重阳节登高插茱萸的习俗，两汉时已有。茱萸是一种有香气可以药用的植物，古人认为可以通过插茱萸、佩戴茱萸香囊的方式来避邪驱鬼。在重阳节时登高，在山顶祈福，享受秋高气爽的山景，进行茱萸、簪菊、饮菊花酒、吃重阳糕等活动，赏心乐事具备。

## 腊八粥

【清】王季珠

开锅便喜百蔬香,差糁<sup>①</sup>清盐不费糖。

团坐朝阳同一啜,大家存有热心肠。

### 注释

① 〔差糁〕指残次的碎米。

### 译文

打开锅盖就闻到令人喜爱的蔬菜香味,残次的碎米熬成的粥只放少许盐,糖都不用添。同家人一起坐在阳光下喝着腊八粥,大家心里都暖洋洋、热乎乎的。

### 导读

腊八粥,又称"七宝五味粥""佛粥""大家饭"等，是一种由多样食材熬制而成的粥。"喝腊八粥"是腊八节的习俗。腊八粥的传统食材包括大米、小米、玉米、薏米、红枣、莲子、花生、桂圆和各种豆类。清代王季珠的这首《腊八粥》，反映的就是民间老百姓对腊八粥的喜爱之情。

## 诗词小知识

### 什么是"腊八节"？

腊八节来源于古代的"腊日"，最初"腊日"并没有固定的日期，一般在岁末的最后几天。古代有"腊祭"的习俗，在腊月初八祭八方八神，祈求来年风调雨顺。喝"腊八粥"的习俗，是从宋代开始的。徐珂所著的《清稗类钞》即云："腊八粥始于宋，十二月初八日，东京诸大寺以七宝五味和糯米而熬成粥，人家亦仿行之。"南宋吴自牧所著的《梦粱录》载："此月八日，寺院谓之腊八。大刹等寺，俱设五味粥，名曰腊八粥。"

## 除夕

### 鹧鸪天·丁巳除夕

【宋】赵师侠

爆竹声中岁又除,顿回和气①满寰区②。春见解绿江南树,不与人间染白须。　　残蜡烛,旧桃符③,宁辞末后饮屠苏。归欤④幸有园林胜,次第⑤花开可自娱。

### 注释

① 〔和气〕古人认为天地间阴气与阳气交合而成之气。万物由此"和气"而生。

② 〔寰区〕天下；人世间。

③ 〔桃符〕古时挂在大门上的两块画着门神或写着门神名字，用于避邪的桃木板或纸，相当于门神像。

④ 〔归欤〕返回本处。引申为辞官回家。

⑤ 〔次第〕依次，按照顺序。

## 译文

在"噼里啪啦"的爆竹声中,一年又过去了。闻到了春的气息,顿时觉得天地之间充满了温暖。春风吹绿了江南的树木,却不能把我的白胡须染黑。家里用的还是往日的蜡烛,挂着旧日的桃符,没有变化。大家依次喝着屠苏酒,我却宁愿不成为最后喝屠苏酒的人。我而今辞官回家幸好有园林的美景供我观赏,等待着万紫千红的花依次开放也可以自娱自乐。

## 导读

爆竹声中又过去了一岁,春风和煦,阳光和暖,天地间已经充满了春天的气息。岁岁年年,时光催人老,春风能吹绿江南的树木,却不能把诗人的发白的须发染黑。诗人辞官归故里,和家人一起辞旧迎新,家中还是老样子,没有什么变化,蜡烛还是往日的蜡烛,桃符还是旧日的桃符。家人团聚,诗人喝着屠苏酒,畅想着美好的未来。诗人虽然辞官归来,但是并未有一丝一毫的颓废心情。难得浮生半日闲,还有优美园林美景可供观赏,和那万紫千红次第开放的花儿可供诗人自娱自乐。

## 诗词小知识

### 过年为何又叫"除夕"?

除夕中的"除",有去往交替的意思,"夕"代表的就是年终的最后一天。这两个字合在一起,就是旧岁至此而除,来年另换新岁的意思。除夕和正月初一首尾相连,是代表家人团聚的好日子。据考证,早在2000多年前的战国末年,我国就已经诞生出除夕这种习俗节令。西晋周处撰写的《风土记》则有明确记述,古人把腊月三十的晚上定为"除夕夜"。到隋唐时期,民间又衍生出各种热闹的除夕夜庆祝活动。

据说,古代有一只四角四足的恶兽,名为"夕"(也有的故事叫它"年")。每逢大雪封山,"夕"会到附近村落找食物,和村民发生冲突。于是每年的腊月底,村子里的人们都会到附近的竹林里躲避"夕"。

有一年，村子里的人准备避难时，一位好心的婆婆告诉村民多砍一些竹节带着，在家门外挂一块红布，等"夕"再次来袭时，往火里扔碎竹节，就能吓走"夕"了。村民们照着婆婆的意思做，遇到"夕"的时候，纷纷把竹节扔进火里，火堆里立马传出噼里啪啦的响声。"夕"听到这响声，又看见通天旺火，吓得掉头逃离。但是"夕"并没有消亡，所以每年的腊月三十，大家都预备着碎竹节，希望早日除掉"夕"。

可一年一年过去了，村民再也没有见过"夕"。不过，为了防止"夕"再次危害乡里，人们还是时常燃放爆竹，同时在门前挂红布条。由此就留下了"除夕"的传说和放鞭炮、挂红条的习俗。

# 守 岁

【宋】苏 轼

欲知垂尽①岁,有似赴壑②蛇。

修鳞③半已没,去意谁能遮。

况欲系其尾,虽勤知奈何。

儿童强④不睡,相守夜欢哗⑤。

晨鸡且勿唱,更鼓畏添挝⑥。

坐久灯烬⑦落,起看北斗斜⑧。

明年岂无年,心事恐蹉跎⑨。

努力尽今夕,少年犹可夸。

## 注释

① 〔垂尽〕快要结束。

② 〔壑〕山谷。

③ 〔修鳞〕指长蛇的身躯。

④ 〔强〕勉强。

⑤ 〔哗〕一作"喧"。

⑥〔挝〕击,敲打,此处指更鼓声。

⑦〔灯烬〕灯花。烬,物体燃烧后剩下的部分。

⑧〔北斗斜〕谓时已夜半。

⑨〔蹉跎〕时间白白过去,光阴虚度。

## 译文

要知道快要辞别的年岁,有如游向幽壑的长蛇。长长的身躯,有一半已经不见,这离去的心意,有谁能够阻挡呢?何况只抓住它的尾巴,哪里系得住呢?人们虽然勤于守岁,但也知道年华流转是无可奈何。孩子们不睡觉,忍耐着困意,笑语喧哗地相守在夜间。晨鸡啊请你不要啼唱,更怕听到那一声声更鼓,催促着新年的到来。在长夜久坐着,看灯花点点坠落,起身时北斗星已经横斜。明年难道就没有年节?只怕又会虚度光阴。所以努力爱惜这将逝的夜晚,少年们的意气还是有值得夸奖的地方。

## 导读

这首诗在开篇把即将逝去的年岁比作游向幽壑、

势不可当的长蛇,并说"守岁"正如想要系住年岁的尾巴,纯属徒劳无功。诗中细致描述了人们守岁的情景与心情。"明年岂无年,心事恐蹉跎"二句,用虚笔表现了诗人怀亲思弟、想要及早建立功业的心情和对青春年华的爱惜。篇首六句妙喻尤为醒人耳目。

## 诗词小知识

### 为什么除夕要"守岁"?

"至除夕达旦不眠,谓之守岁"。"守岁"是我国民间春节的一大习俗,每年除夕夜,一家人相聚一堂,通宵达旦不睡,灯火长明不灭,人们熬夜告别旧年,迎接新年,所以也叫"熬年"。在汉语中,"守"有"守护""守候"的意思,"守岁"就是守候温馨岁月,祈盼美好未来。守岁时,民间还会燃灯照岁、用红包压岁(即压"祟"),以驱邪避鬼,保佑岁岁平安。

# 除夜雪二首（其二）

【宋】陆 游

北风吹雪四更初，嘉①瑞②天教③及岁除④。

半盏屠苏犹未举，灯前小草写桃符。

## 注释

① 〔嘉〕好。
② 〔瑞〕指瑞雪。
③ 〔天教〕天赐。
④ 〔岁除〕即除夕。

## 译文

四更天刚到时，北风吹来一场大雪，这上天赐予的瑞雪正好在除夕之夜到来，（预示着来年的丰收）。我还没来得及举起那盛了半盏的屠苏酒，就得在灯下用草书赶写迎春的桃符了。

## 导读

凛冽的北风在四更时分吹来了瑞雪，宣告着旧的一年已经过去，新的生活已经到来，也预示着新的一年会是丰收的好年。诗人在欢度除夕后又遇瑞雪，心情愉快，这也从侧面反映了诗人积极乐观的生活态度。

## 诗词小知识

### "瑞雪兆丰年"是什么原理？

古人认为，冬天下大雪是庄稼获得丰收的预兆。冬季天气冷，下的雪往往不易融化，盖在土壤上的雪松松软软，里面藏了许多不流动的空气，而空气的导热性能很弱，这样就像给庄稼盖了一条可以保温的棉被，外面天气再冷，下面的温度也不会降得很低。庄稼被冬雪盖住，也不易引来虫害。等到寒潮过去以后，天气渐渐回暖，雪慢慢融化，这样，非但保住了庄稼不受冻害，而且雪融化成的水又留在土壤里，对春耕播种以及庄稼的生长发育都很有利。

# 节气篇

## 立春偶成[①]

**【宋】张　栻**

律回岁晚[②]冰霜少，春到人间草木[③]知。

便觉眼前生意[④]满，东风吹水绿参差(cēn cī)[⑤]。

### 注释

① 〔偶成〕偶然有感而发。
② 〔岁晚〕年终。
③ 〔草木〕原指植物，这里泛指一切受到季节变化影响的事物。
④ 〔生意〕生机、生气。
⑤ 〔参差〕长短、高低不齐的样子。这里描写的是水面波纹起伏的状态。

### 译文

一年结束的时候冰霜渐渐减少，春天来到人间时，草木最先感知到。眼前一片生机盎然，东风吹得水面绿波起伏荡漾。

## 导读

《立春偶成》是南宋文学家张栻的一首节令小诗。作者通过写年末冰雪融化、立春草木有知,为我们描绘了一幅生机勃勃的春日图景,表达了诗人对即将到来的春天的向往,以及对眼前处处春风轻抚、碧波荡漾的欣欣向荣之景的欣喜。诗句清新活泼,富有动感,读来如沐春风。

## 诗词小知识

### "立春"与"律回"

很多人以为,春节是一年的开始,其实立春才是。唐代诗人杨巨源说:"诗家清景在新春。"在立春这天,古人不仅隆重庆贺,还以各种方式表达对新春的喜爱,张栻也不例外。"律回岁晚",指的是年终大地回春,阳气回升。那么"律回"为什么会和阳气回升有关系呢?其实这主要是因为古人有把十二音律和一年的十二个月相关联的传统。相传，黄帝命伶伦断竹为筒来定音和候十二月之气。阳六为"律"，即黄钟、太簇、姑洗、蕤宾、夷则、无射；阴六为"吕"，即大吕、夹钟、仲吕、林钟、南吕、应钟。农历十二月属吕，正月属律，立春往往在十二月与正月之交，所以叫"律回"。

立春有三候：一候东风解冻，二候蛰虫始振，三候鱼陟（zhì）负冰。一候时东风送暖，大地开始解冻。立春五天后为二候，蛰居的虫类在洞中渐渐苏醒。再过五日就到三候，此时河面的冰融化，水面上开始出现鱼儿；此时水面上还有没能完全融化的碎冰，就像被鱼背负着一样浮在水面。

雨水

## 春夜喜雨

【唐】杜 甫

好雨①知时节,当春乃②发生③。

随风潜④入夜,润物细无声。

野径⑤云俱⑥黑,江船火独明。

晓看红湿处⑦,花重⑧（zhòng）锦官城⑨。

**注释**

①〔好雨〕指及时的春雨。

②〔乃〕就。

③〔发生〕萌芽生长。

④〔潜〕悄悄地。

⑤〔野径〕田野间的小路。

⑥〔俱〕全部。

⑦〔红湿处〕指被雨水打落的红花地。

⑧〔花重〕带着雨水的花十分沉重饱满的样子。

⑨〔锦官城〕也叫锦城,因三国时蜀汉管理织锦之官驻扎在此而得名,在今四川成都。

## 译文

好雨好像知道时令似的,正当春天万物萌发的时候它就来了。它随着春风在夜里悄然落下,无声地滋润着万物。田野间的小路和天空都一片黑茫茫,只有江中渔船上的灯火独自明亮着。要是早晨起来看看,那潮湿的泥土上肯定布满了红色的花瓣,锦官城的大街小巷也一定是一片万紫千红的景象。

## 导读

杜甫于成都浣花溪畔的草堂作此诗。此时杜甫因陕西旱灾来到四川,定居成都已两年。他亲自耕作,种菜养花,与农民交往,对春雨有深厚的感情,特意写下这首诗描写春夜降雨、润泽万物的美景。文章中虽没有一个"喜"字,但四处洋溢着作者的喜悦,抒发了诗人对春雨无私奉献品质的喜爱赞美之情。

## 诗词小知识

### 雨水:"好雨知时节"

春天是万物萌芽生长的季节,诗人写下这首诗时,国都一带严重灾荒,《资治通鉴·唐纪》里记载了"米斗至七千钱"的情况。这场雨让杜甫感到喜悦,不仅仅是因为他结束了颠沛流离的生活,在定居成都后过上了和隐居的农民一样的生活,有了自己的一亩三分地,更因为他的心底始终牵挂关心百姓的疾苦,一场及时雨,可以缓解老百姓的燃眉之急了。

早春雨水三候:一候獭祭鱼,二候鸿雁来,三候草木萌动。在此节气,水獭开始捕鱼,它们总是把鱼摆在岸边如同先祭后食的样子;五天后,大雁从南方飞回北方;再过五天,在"润物细无声"的春雨中,草木开始抽出嫩芽。从此,大地渐渐开始呈现出一派欣欣向荣的景象。

惊蛰

## 观田家

【唐】韦应物

微雨众卉①新,一雷惊蛰始。

田家几日闲,耕种从此起。

丁壮俱在野,场圃②亦就理。

归来景常晏③,饮犊西涧水。

饥劬④不自苦,膏泽⑤且为喜。

仓廪⑥无宿储⑦,徭役⑧犹未已。

方惭不耕者⑨,禄食⑩出闾里⑪。

### 注释

① 〔卉〕草的总称。
② 〔场圃〕春天种菜,秋天打场的地方。
③ 〔晏〕晚。
④ 〔劬〕过分劳苦。
⑤ 〔膏泽〕这里指贵如油的春雨。

⑥〔禀〕同"廪",指储存谷物的屋舍。

⑦〔宿储〕隔夜之粮。

⑧〔徭役〕古时官府向人民摊派的无偿劳动。

⑨〔不耕者〕做官的人。

⑩〔禄食〕俸禄。

⑪〔闾里〕乡里,民间。

## 译文

一场春雨让百草充满生机,隆隆的春雷宣告着惊蛰节令的开始。种田的人家一年能有几天空闲?田里劳作的人们从惊蛰就要开始忙碌了。年轻力壮的男子都去田野耕地,场院也整理成菜地了。农人从田中归来常要到太阳落山以后,还要牵上小牛到西边山涧饮水。即使挨饿辛苦农夫们也从不喊辛苦,一场贵如油的春雨就能使他们充满喜悦。粮仓中早已没了往日的存粮,但官府的差遣却还无尽无休。看到农民们这样艰苦,我这做官的人深感惭愧,我所得的俸禄可都出自这些辛苦种田的百姓。

## 导读

《观田家》是唐代诗人韦应物所写的一首描写农家生活的古诗。语言朴实，不加雕琢。诗人同情百姓疾苦，无情地揭露和批评了不合理的社会现实，真实地记录下田家农民生活的艰辛。

## 诗词小知识

### "惊蛰"有哪三候？

一候桃始华，二候仓庚（gēng）鸣，三候鹰化为鸠。在此时节，桃树鼓蕾，含苞待放；黄莺（仓庚）鸣叫，婉转悦耳；鹰变成鸠（布谷鸟）。惊蛰以后，鹰开始悄悄躲起来繁育后代，而地上的布谷鸟开始多了起来，于是古人便天真地认为，是天上的鹰化作了地上的布谷鸟，故说"鹰化为鸠"。"鹰化为鸠"在后来就成了惊蛰节气的特征和物候现象。另外，"惊蛰"一开始叫"启蛰"，后为避汉景帝讳，才改"启"为"惊"，也很生动形象。

春分

## 春分日

【宋】徐铉（xuàn）

仲春①初四日，春色正中分。

绿野徘徊②月，晴在断续云。

燕飞犹个个，花落已纷纷。

思妇高楼晚，歌声不可闻。

### 注释

① 〔仲春〕即农历二月。农历正月为孟春，农历二月为仲春，农历三月为季春。

② 〔徘徊〕指在一个地方来回、起伏，这里指月亮缓慢移动。

### 译文

二月初四这天，春色正好过了一半。绿色的田野上，月儿徐徐移动，晴朗的天空中，云儿断断续

续地飘过。一只又一只燕子飞过，一片又一片花瓣飘落。思念丈夫的妇人在高楼上遥望远方，直到天色已晚，她的歌声（太过悲伤），让人不忍心多听。

## 导读

春分至，大地花团锦簇，万物焕发生机。在古人眼里，春分就像是一个分界点。春分之前百花盛开，古人大多赏春；春分之后百花逐渐凋零，古人大多伤春。花草树木，由盛而衰，本是自然规律，但因为春日的美好稍纵即逝，让人难免感觉"林花谢了春红，太匆匆"。这首诗中所展现的，正是诗人对春分的感悟。

## 诗词小知识

**"春分"有哪三候？**

一候玄鸟至；二候雷乃发声；三候始电。春分以后，北方天气变暖，季节性候鸟燕子（玄鸟）便从南方飞回北方，衔草筑巢，开始一年全新的生活。虽说惊蛰也有雷声,但真正多雨的时节其实是在春分以后。当天气日渐变暖,雨水增多,往往伴随着雷声和闪电,即"雷乃发声""始电"。

# 清明

**【唐】杜 牧**

清明时节雨纷纷,路上行人欲断魂①。

借问酒家何处有,牧童遥指杏花村。

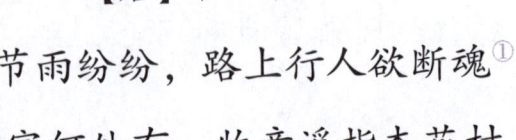

### 注释

① 〔欲断魂〕形容失魂落魄,十分愁苦。

### 译文

清明时节,细雨纷纷落下,路上的行人每一个都失魂落魄。(我)借问当地人哪里有酒家呢?有位牧童用手指向远处的杏花村庄。

### 导读

这是唐代诗人杜牧的一首清明绝句。传言此诗作于公元844年,这一年杜牧42岁，行走在被贬的路上，距他离开人世也只剩下8年。在所剩无几的光阴里，杜牧时常被落魄、失意所困扰。在清明时节到来之际，在细雨纷纷飘落之时，诗人因被贬，更觉愁苦。所以在诗人眼里，此时路上的行人和自己同是天涯沦落人，都一样失魂感伤。全诗没用一个生僻字和典故，而是用直白的语言，把人生的种种不如意，汇聚成了一幅忧伤明丽的清明图景，使得此诗成为描写清明最绝妙的名篇佳作。

## 诗词小知识

你知道古人的"清明节"是什么样的节日吗？

清明，在公历4月4日至4月5日交节，它既是中国传统节日，也是二十四节气之一。清明时，气清景明，万物皆显，因此得名。很久以前，清明只是一个单纯的节气，与岁时物候相关，用于指导农业生产，和扫墓、祭祀并不沾边。唐朝以后，因为寒食节和清明时间很接近，二者慢慢融为一个节日，清明节才产生了扫墓祭祖的习俗。古代的上班族不比现在的上班族轻松，他们没有周末，节假日也很少，能名正言顺去野外玩一天，是特别开心的事，因此从南北朝起，人们又给清明节增加了踏青、斗鸡和蹴鞠等娱乐活动。到了唐代，清明节被列入礼制，欢乐的气氛还更足，民间盛行打秋千、蹴鞠、斗鸡、走马灯等一系列活动。宋代时清明节还有踏青、宴饮、放风筝、拔河、植树、插柳等活动，热闹非凡。可见，在古人眼里，在清明节这天，追忆故去的亲人和享受当下的快乐生活并不矛盾。

## 七言诗二首

【清】郑　燮

**其一**

不风不雨正晴和①,翠竹亭亭②好节柯③。

最爱晚凉④佳客至,一壶新茗泡松萝⑤。

**其二**

几枝新叶萧萧⑥竹,数笔横皴(cūn)⑦淡淡山。

正好清明连谷雨,一杯香茗坐其间。

### 注释

① 〔晴和〕指天气晴朗,气候温和。

② 〔亭亭〕高耸直立的样子。

③ 〔节柯〕竹节交叉的枝茎。

④ 〔晚凉〕凉爽的傍晚。

⑤ 〔松萝〕即松萝茶,黄山历史名茶,属绿茶。

⑥ 〔萧萧〕寂寥凄清的样子。

⑦ 〔横皴〕山水画中的常用技法,用于显示山石的纹理和阴阳面。

## 译文

无风也无雨,正是晴朗的好天气,翠竹高耸直立,竹节交叉摇曳,煞是好看。最喜欢凉爽的傍晚有客人来访,泡一壶松萝新茶来与客共享。铺开纸张画画,先画几枝寂寥凄清的新竹叶;再用数笔淡墨,以干笔横皴春山。正是清明已过,临近谷雨的时节,捧一杯香茶坐在竹石画间,多么寂静。

## 导读

在郑板桥的这首《七言诗》里,清明已过,谷雨临近,天气晴朗,无风无雨。在此时节品新茶,观翠竹,又在新茶缭绕的香气中,兴起时就泼墨画几笔山水竹枝,实在是一桩雅事。

## 诗词小知识

"谷雨"是一个什么样的节气?

谷雨是二十四节气的第六个节气,也是春季

的最后一个节气，其名字源自古人"雨生百谷"的说法。中国古代将谷雨分为三候："一候萍始生，二候鸣鸠拂其羽，三候戴胜降于桑。"说的是，谷雨后降雨量增多，浮萍开始生长，正是种瓜点豆的好时节；接着布谷鸟开始鸣叫、拾掇羽毛，因为它的叫声是"布谷，布谷"，就像预示着人们不要耽误播谷的时间，该开始忙碌于田间地头了。戴胜降于桑的意思是戴胜鸟（鸡冠鸟），飞到了桑树枝头，这是蚕宝宝将要生长的信号。传说在谷雨这天产的茶有清火、辟邪、明目等功效，所以南方有谷雨摘茶的习俗。谷雨这天不管是什么天气，人们都会去茶山摘一些新茶回来喝，以祈求健康。

东坡肘子青梅酒 诗词里的小百科

立夏

## 江 村

【唐】杜 甫

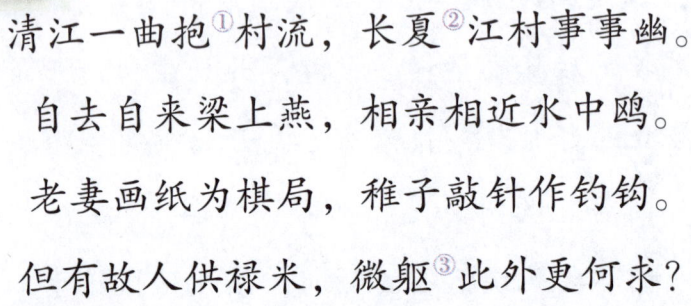

清江一曲抱①村流,长夏②江村事事幽。

自去自来梁上燕,相亲相近水中鸥。

老妻画纸为棋局,稚子敲针作钓钩。

但有故人供禄米,微躯③此外更何求?

### 注释

① 〔抱〕围绕。

② 〔长夏〕盛夏。

③ 〔微躯〕微贱的身躯,这里是诗人自指。

### 译文

清澈的江水曲折地绕村流过,在这长长的夏日里,村中的一切都显得幽雅。梁上的燕子自由自在地飞来飞去,水中

的鸥鸟互相亲近，追逐嬉戏。妻子在纸上画着棋盘，孩子在敲针制作鱼钩。平常还有老朋友送粮食给我，我这个平凡卑贱的人还有什么别的奢求呢？

## 导读

这首诗写于唐肃宗上元元年（760）。诗人经过四年的流亡生活，才来到了这不曾遭到战乱骚扰，暂时还保持安宁的成都郊外浣花溪畔。他依靠亲友故旧的资助而辛苦经营的草堂暂时成为他们一家人安居的栖身之所。时值初夏，浣花溪畔，江流曲折，水木明亮，一派恬静幽雅的田园村景。诗人拈来"江村"诗题，提笔咏怀，记下了他久经丧乱以后暂得愉悦自由的生活所感。

## 诗词小知识

为什么说"立夏"是万物蓬勃生长的标志？

立夏是二十四节气中的第七个节气，又是夏季的第一个节气。此时北斗七星的斗柄指向东南方,太阳黄经为45°。"万物至此皆长大,故名立夏也。"时至立夏,日照增加,逐渐升温,雷雨增多,万物繁茂。立夏有三候:一候蝼蝈鸣,二候蚯蚓出,三候王瓜生。在此节气,首先可听到蝼蛄在田间的鸣叫声(一说是蛙声),接着便可看到蚯蚓掘土而出,随后王瓜的蔓藤开始快速攀爬生长。因此古人认为,立夏是标示万物进入生长旺季的一个重要节气。

## 小 满

【宋】欧阳修

夜莺啼绿柳,皓①月醒②长空。

最爱垄③头麦,迎风笑落红。

### 注释

① 〔皓〕洁白明亮。
② 〔醒〕明显、明朗、清楚澄澈。
③ 〔垄〕田埂。

### 译文

小满时节,夜莺在茂盛的绿柳枝头自由自在地啼叫,洁白的明月把万里长空都照得澄澈明亮。我最喜欢看这个时节田垄间的麦子了,它们迎着初夏的风,笑看那满地落红。

## 导读

全诗用拟人的手法描写了小麦即将成熟丰收的场景，夜莺、绿柳、明月、天空，共同构成了田间地头的祥和氛围，表达了诗人对小满时节谷物初熟的欢喜赞美之情。

## 诗词小知识

**为什么说"小满"是一个饱含古人智慧的节气？**

"小满者，物至于此小得盈满。"小满有三候：一候苦菜秀，二候靡草死，三候麦秋至。小满节气来临时，苦菜枝叶繁茂；而喜阴的一些枝条细软的草类在强烈的阳光下开始枯死；此时麦子开始粒粒灌浆渐趋饱满，但又还没有完全成熟，使人们对未来充满丰收的希望，故称"小满"。盛夏时节，北方的山林原野郁郁葱葱，南方则有"小满小满，江河渐满"一说，此时雨水充盈，江河湖塘水量丰沛，涌动无限生机。民间有谚语："小满动三车。""三车"即指踏水车灌溉庄稼，用油车鲜榨菜籽油，用丝车摇动缫丝。人们就是从小满开始，在这三车辛勤的劳动中，孕育出丰收的希望。

在二十四节气中，有"小暑"和"大暑"、"小雪"和"大雪"、"小寒"和"大寒"，唯独在"小满"之后没有"大满"。或许古人的哲思正在于此，所谓"花未全开月未圆，半山微醉尽余欢"，这是一种"刚刚好"的智慧，也更有利于我们不断进取，努力进步呀！

## 芒种

### 时 雨① (节选)

【宋】陆 游

时雨及芒种,四野皆插秧。

家家麦饭美,处处菱歌长。

老我成惰农②,永日③付竹床。

衰(cuī)发④短不栉(zhì)⑤,爱此一雨凉。

### 注释

① 〔时雨〕应时的雨水。

② 〔惰农〕不勤于耕作的农民。

③ 〔永日〕从早到晚；整天。

④ 〔衰发〕白发。

⑤ 〔不栉〕不束发。

### 译文

应时的雨水在芒种时节来到,田野里到处都有

农民在忙着插秧。家家户户吃着美味的麦饭,处处都回响着采菱女采菱的歌声。我已渐渐衰老,成了不耕作的农人,一整天都在竹床上打发时间。白发一天天变短、变少,逐渐无法束发,我还是喜爱眼前夏雨送来的清凉。

## 导读

在宋代诗人陆游的笔下,芒种时节的农民十分忙碌,饭香飘扬,菱歌阵阵。可惜这个时节的自己,不同于万物的勃发旺盛,已经显得衰老懒怠,很多时光都只能在竹床上度过了。不过,诗人虽然说自己年老了,但很快笔锋一转,又写自己躺在消暑神器"竹床"上,看着夏雨到来,享受那炎热夏季里雨水的清凉,精神很快为之一振。陆游就是这样一位热爱生活,懂得生活的长寿诗人,快来他的笔下感受这充满烟火气和诗意的芒种好时节吧!

## 诗词小知识

### "芒种"还是"忙种"?

"芒种"完整的意思是"有芒的麦子快收,有芒的稻子可种",即此时大麦、小麦等有芒作物种子已经成熟,抢收急迫,也正是晚谷、黍、稷等夏播作物播种最忙的季节,故称"芒种",又叫"忙种"。这是一个典型的反映农业物候现象的节气。芒种有三候:一候螳螂生,二候䴗始鸣,三候反舌无声。在这一节气中,螳螂在去年深秋产的卵感受到阴气初生,小螳螂破壳而生;在古人眼中,伯劳鸟和反舌鸟是善鸣之鸟中的两类典型代表。但芒种以后,喜阴的伯劳鸟是开始在枝头感阴而鸣;反舌鸟却与此相反,它们因感应到了阴气的出现而停止了鸣叫。

## 夏至避暑北池

【唐】韦应物

昼晷<sup>①</sup>已云极,宵漏<sup>②</sup>自此长。

未及施政教,所忧变炎凉。

公门日多暇<sup>③</sup>,是月农稍忙。

高居念田里,苦热安可当。

亭午<sup>④</sup>息群物,独游爱方塘。

门闭阴寂寂,城高树苍苍。

绿筠<sup>⑤</sup>尚含粉,圆荷始散芳。

于焉<sup>⑥</sup>洒烦抱,可以对华觞<sup>⑦</sup>。

### 注释

① 〔晷〕观测日影以定时间的工具。这里指日影。
② 〔漏〕即漏壶,古代一种计时的装置,简称漏。
③ 〔暇〕空闲的时候。
④ 〔亭午〕正午,中午。

⑤〔筠〕竹子的青皮。这里指竹子。

⑥〔于焉〕在这里。

⑦〔华觞〕华丽的酒杯。

## 译文

夏至这天,昼晷所测白天的时间已经到了极限,从此以后,夜晚漏壶所计的时间将渐渐加长。还没来得及实施自己的计划,就已经开始忧虑气候冷暖的变化了。衙门每日有比较多空闲的时候,但这个月的农事却是比较繁忙的。想到老百姓在地里耕作,也不知道他们能否抵挡酷热。正午时分人和物都在歇息,惟独我喜欢在一方池塘边游玩。城门紧闭,寂静阴冷,城墙高耸,树木苍翠。翠绿的鲜竹尚且含粉,荷花已经开始散发芳香了。在这里可以抛却烦恼、忘掉忧愁,终日举着华丽的酒杯畅饮。

## 导读

韦应物的山水田园诗成就很高,后人以"王孟韦柳"并称。他的笔下,山水田园景致优美,清新自然。

他也写有不少反映民间疾苦的诗，是中唐艺术成就较高的诗人。这首《夏至避暑北池》就是典型代表。这首诗，本是写夏至时诗人到北池阴凉处避暑，然而想到还在田间劳作的百姓，又担心他们不能抵挡酷热，体现了诗人悲天悯人的情怀。

### 诗词小知识

#### "夏至"是一个什么样的节气？

夏至这天，太阳直射地面的位置到达一年的最北端，此时，北半球各地的白昼时间达到全年最长。夏至过后，太阳直射点开始从北回归线向南移动，北半球白昼逐渐变短。夏至有三候：一候鹿角解，二候蝉始鸣，三候半夏生。麋与鹿虽属同科，但古人认为，二者一属阴，一属阳。鹿的角朝前生，属阳。夏至日阴气生而阳气始衰，所以阳性的鹿角便开始脱落。而麋因属阴，所以在冬至时麋角才脱落；知了在夏至后开始鼓翼而鸣；半夏这种药草也开始生长。

## 咏廿四气诗·小暑六月节

【唐】元 稹

倏忽温风至,因循小暑来。
竹喧先觉雨,山暗已闻雷。
户牖深青霭①,阶庭长绿苔。
鹰鹯②新习学,蟋蟀莫相催。

**注释**

① 〔青霭〕云气。
② 〔鹯〕鹞类猛禽。

**译文**

忽然之间阵阵热浪排山倒海般袭来,原来是循着小暑的节气而来。竹子的喧哗声让人察觉大雨即将来临,山色昏暗好像已经能听到雷声。门窗上已经都是潮湿的云气,庭院中的台阶都长满了青苔。

鹰鸟开始练习搏击长空；蟋蟀不需要催促也开始长成。

## 📚 导读

《月令七十二候集解》有言："暑，热也，就热之中分为大小，月初为小，月中为大，今则热气犹小也。"意思是，六月天气开始炎热，但还不是十分热，所以只叫小暑。

## 🌐 诗词小知识

### "小暑"有哪三候？

小暑有三候：一候温风至，二候蟋蟀居宇，三候鹰始鸷。在此时节，大地上便不再有一丝凉风，而是所有的风中都带着热浪，热风就是"温风"。后五日"蟋蟀居宇"，蟋蟀由于炎热离开了田野，到庭院的墙角下避暑。"鹰始鸷"指老鹰因地面气温太高而多在清凉的高空中活动。

## 咏廿四气诗·大暑六月中

**【唐】元　稹**

大暑三秋近，林钟①九夏②移。

桂轮③开子夜④，萤火照空时。

菰⑤(gū)果邀儒客⑥，菰蒲长墨池。

绛纱⑦(jiàng)浑卷上，经史待风吹。

### 注释

① 〔林钟〕古乐十二律之一。在这里代指农历六月。

② 〔九夏〕夏季、夏天。晋陶潜《荣木》诗序："日月推迁，已复九夏。"

③ 〔桂轮〕指月亮。

④ 〔子夜〕夜间11点到1点。有时泛指深夜。

⑤ 〔菰〕生长在池沼中的草本植物，俗称"茭白"。

⑥ 〔儒客〕儒士，指尊重、信仰儒家学说的人。

⑦ 〔绛纱〕红纱。绛，深红色。

## 译文

大暑来了,秋天也就不远了,"林钟"律音起,夏天就要过去了。子夜时分,一轮圆月朗照,萤火虫不时翻飞,照亮夜空。准备好菰米邀请饱学诗书的客人,洗砚池边长满了菰蒲。把红色纱帐粗略地卷上吧,很多经书、史书都等着清风来翻阅。

## 导读

大暑,是二十四节气中的第十二个节气,也是夏季的最后一个节气。"暑"是炎热的意思,大暑,指炎热之极。大暑相对小暑,更加炎热,是一年中阳光最猛烈、最炎热的节气。那么,诗人眼里的大暑又是什么样的呢?一起到诗里看看吧!

## 诗词小知识

"大暑"有哪三候?

大暑,一候腐草为萤,二候土润溽暑,三候

大雨时行。一候所说的腐草为萤，主要是因为世上萤火虫约有两千多种，分水生与陆生两种，陆生的萤火虫产卵于枯草上，大暑时，萤火虫会卵化而出，所以古人就认为萤火虫是腐草变成的。第二候是说天气开始变得闷热，土地也变得潮湿。第三候是说大暑时节时常有大的雷雨会出现，这大雨使暑气减弱，天气开始逐渐向立秋过渡。

## 立 秋

【唐】刘言史

兹晨①戒流火②,商飙③早已惊。

云天收夏色,木叶动秋声。

### 注释

① 〔兹晨〕这个清晨。
② 〔流火〕七月流火,暑去秋来的意思。
③ 〔商飙〕秋风的意思。

### 译文

从这天的早晨起,暑气消去,秋风早已惊动人心。天高云阔夏色已收,树木的枝叶在风中簌簌作响,这是秋天的声音。

## 导读

刘言史与李贺同时期。其诗歌艺术特色可以用四个字概括：美丽恢赡。这首立秋诗也是如此。短短的一首小诗能有多美呢？一美在动词。"戒""惊""收""动"，颇具动感。二美在借代。"流火"代指暑气渐退而秋天将至，"商飙"代指秋风，"云天"代指秋天。"木叶"代指一切秋叶，因而诗人虽然不直接说秋，却处处是秋。三美在真情。秋天来了，云天下的木叶翻飞，诗人的情绪也随之发生了变化，对于秋天的喜爱可以说是溢于言表。

## 诗词小知识

### "七月流火"说的是天气变热还是变凉？

立秋有三候：一候凉风至，二候白露生，三候寒蝉鸣。在此时节，人们会感觉到秋风的凉爽，此时的风已不同于暑天中的热风；接着，早晨会有雾气产生；并且秋天感阴而鸣的寒蝉也开始发声。这么看来,立秋应该是天气变凉的时节,那么写"立秋"的诗为什么会出现"七月流火"呢?

七月盛夏,热浪滚滚,所以很多人会用"七月流火"来形容天气炎热的程度。但实际上,这是错用。"七月流火"这个成语本身指的是农历七月,而非公历七月,农历七月是夏秋之交。"七月流火"出自诗经《国风·豳风·七月》:"七月流火,九月授衣。一之日觱发,二之日栗烈。无衣无褐,何以卒岁。"注意,七月流火(huǐ),不读"huǒ",此处"火"是星座名,即心宿,每年农历六月出现于正南方,位置最高,七月后逐渐偏西下沉,故称"流火"。所以《豳风·七月》的大概释义是:七月大火星向西落去,到了九月妇女开始织缝御寒的衣裳,十一月冷风起,十二月严寒逼人,没有棉衣的人,该怎么过年?现在,你知道"七月流火"是用来形容天气热还是天气凉了吗?

## 处 暑

【宋】吕本中

平时遇处暑,庭户①有馀凉。

乙纪②走南国,炎天非故乡。

寥寥③秋尚远,杳杳④夜光长。

尚可留连否,年丰粳稻⑤香。

### 注释

① 〔庭户〕门庭、门户。泛指庭院。

② 〔纪〕古时以十二年为一纪。今指更长的时间,如"中世纪""世纪"。

③ 〔寥寥〕辽远、空阔。

④ 〔杳杳〕昏暗幽远的样子。

⑤ 〔粳稻〕水稻的一个品种。粳稻碾出的米叫"粳米",这里代指农作物。

## 译文

往常到了处暑节气，庭院里还有阵阵多余的清凉。乙纪那年出走至南方地区，炎热的天气和我的故乡很不一样。辽远空阔的秋天还很遥远，昏暗幽远的夜色却很漫长。可以在这里不离开吗？这儿年年丰收，稻米更加香甜。

## 导读

处暑来临，秋意渐浓，暑气即将终止，明显可以感觉到秋风吹过带来的凉意。可是诗人吕本中此时却因身处南国而感觉不到凉意。吕本中说，以前遇到处暑，庭院间有余凉，如今，离开家乡，来到南国，气候炎热。秋尚远，夜真长啊，他乡的节气仿佛与故乡迥然不同，这让诗人不禁生出一些感慨。面对命运的安排，诗人是如何自处的呢？让我们来一起读一读这首诗吧。

## 诗词小知识

### 处暑三候"禾乃登"是什么意思？

三字经说得很明白："稻粱菽，麦黍稷，此六谷，人所食。"意思就是人类生活中的主食如稻粱菽，麦黍稷，这些都是我们日常生活的重要食品。那么稻粱菽，麦黍稷以及本诗中的"粳"是什么呢？其实，稻是稻子；粱是谷子、小米；菽是豆类的总称；麦是麦子；黍是黍子，去壳后叫黄米，比小米稍大，煮熟后有黏性；稷则是高粱。而本诗提到的粳，则是水稻的一个品种，粳稻碾出的米就叫粳米了。

要知道，处暑有三候：一候鹰乃祭鸟，二候天地始肃，三候禾乃登。此节气老鹰开始大量捕猎鸟类；天地间万物开始凋零；而"禾乃登"的"禾"指的就是黍、稷、稻、粱等多类农作物的总称了，"登"就是成熟的意思。

## 月夜忆舍弟①

【唐】杜　甫

戍(shù)鼓②断人行③，边秋④一雁声。

露从今夜白，月是故乡明。

有弟皆分散，无家问死生。

寄书长⑤不达⑥，况乃⑦未休兵。

### 注释

① 〔舍弟〕对自己弟弟的谦称。

② 〔戍鼓〕戍楼上的更鼓。戍，驻防。

③ 〔断人行〕指鼓声响起后，就开始宵禁。

④ 〔边秋〕边塞的秋天。

⑤ 〔长〕一直，老是。

⑥ 〔达〕到。

⑦ 〔况乃〕何况是。

## 译文

戍楼上传来更鼓声,频繁的战事阻断了道路,秋夜的边塞传来了孤雁哀鸣。今夜就进入了白露节气,还是故乡的月亮最明亮。我虽有兄弟,但天各一方,家园无存,家人生死未卜。平时寄往洛阳城的家书就总是不能送达,更何况现在战乱频繁、战事不止。

## 导读

在古典诗歌中,思亲怀友是常见的题材,这类作品要力避平庸,不落俗套,单凭生活体验是不够的,还必须在表现手法上匠心独运。杜甫对这类常见题材的处理,显出了他的大家本色。《月夜忆舍弟》写的是兄弟因战乱而离散,居无定处,家人杳无音信、生死未卜。前两联侧重写景,后两联侧重抒情,情景交融,真挚感人。

## 诗词小知识

### "白露"这么美的名字从何而来？

《月令七十二候集解》对"白露"的诠释为："水土湿气凝而为露，秋属金，金色白，白者露之色，而气始寒也。"古人以四时配五行，秋属金，金色白，以白形容秋露，故名"白露"。

进入白露，人们最明显的感觉就是昼夜温差变大，夜间开始感到凉意。虽然暑热不会一下子退场，但是闷热感会逐渐褪去，早晚都增添了一份秋天的凉意。由于天气逐渐转凉，白昼阳光尚热，但太阳下山后气温很快下降，所以昼夜温差变大，寒生露凝，洁白纯澈，这是"白露"名由之一。

白露有三候：一候鸿雁来，二候元鸟归，三候群鸟养羞。在此节气，鸿雁与燕子等候鸟南飞避寒，百鸟开始贮存干果粮食以备过冬，可见白露实际上是天气转凉的象征。

## 秋词二首（其一）

**【唐】刘禹锡**

自古逢秋悲寂寥①，我言秋日胜春朝②。

晴空一鹤排云③上，便引诗情④到碧霄⑤。

### 注释

① 〔悲寂寥〕悲叹萧条凄凉。

② 〔春朝〕春天的早晨，泛指春天。

③ 〔排云〕推开白云。排：推开，有冲破的意思。

④ 〔诗情〕作诗的情绪、兴致。

⑤ 〔碧霄〕青天。

### 译文

　　自古以来，文人墨客都悲叹秋天萧条、凄凉，我却要说秋天远远胜过春天。秋日天高气爽，晴空万里，仙鹤直冲云霄，冲破层层云朵，也引得我的诗情飞向晴空。

## 导读

《秋词二首》是唐代诗人刘禹锡的组诗作品。两首诗的可贵之处在于诗人对秋天的感受，一反过去文人悲秋的传统，赞颂了秋天的美好。这首诗借黄鹤直冲云霄的秋景，表现了作者奋发进取的豪情和豁达乐观的情怀。

## 诗词小知识

**"秋分"是一个什么样的节气？**

秋分这天，太阳几乎直射地球赤道，全球各地昼夜等长。秋分，"分"即为"平分""一半"的意思，除了指昼夜平分外，还有一层意思是平分了秋季。秋分日后，太阳光直射位置南移，北半球昼短夜长，昼夜温差加大，气温逐日下降。秋分曾是中国古代传统节日"祭月节"，后来的中秋节就是由"秋夕祭月"演变而来的。

秋分有三候：一候雷始收声，二候蛰虫坯户，三候水始涸。古人认为雷是因阳气旺盛而发声，秋分后阳气开始衰减，所以不再打雷了；一些春分时出土活动的昆虫，到了秋分也开始陆陆续续回到土里准备过冬；至秋分三候，雨量不再充沛，水体开始进入干涸期了。

寒露

## 秋兴①八首（其一）

【唐】杜 甫

玉露②凋伤枫树林，巫山巫峡③气萧森④。

江间波浪兼天涌⑤，塞上风云接地阴⑥。

丛菊两开⑦他日⑧泪，孤舟一系故园⑨心。

寒衣处处催刀尺⑩，白帝城高急暮砧(zhēn)⑪。

**注释**

① 〔秋兴〕因感秋而寄兴。
② 〔玉露〕秋天的霜露，因其白，故以玉喻之。
③ 〔巫山巫峡〕即指夔（kuí）州（今重庆奉节）一带的长江和峡谷。
④ 〔萧森〕萧瑟阴森。
⑤ 〔兼天涌〕波浪滔天。
⑥ 〔接地阴〕风云盖地。
⑦ 〔丛菊两开〕杜甫此前一年秋天在云安，此年秋天在夔州，从离开成都算起，已历两秋，故说"两

开"。"开"字在这里还是双关,一谓菊花开,又言泪眼开。

⑧〔他日〕往日,指多年来的艰难岁月。

⑨〔故园〕此处当指长安。

⑩〔催刀尺〕指赶裁冬衣。

⑪〔急暮砧〕黄昏时急促的捣衣声。砧指的是捣衣石。

## 译文

寒露凋伤了枫树林,巫山巫峡的气象萧瑟阴森。江间的波浪连天涌起,塞上的风云接地阴沉。丛菊两度开放,想起往日(我)感伤落泪,江岸边的孤舟系着我思念家乡的心。赶制寒衣时家家都在动用刀尺,白帝城高处能听到黄昏时急促的捣衣声。

## 导读

《秋兴八首》是唐代宗大历元年(766)秋杜甫在夔州时所作的一组七言律诗,因秋而感发诗兴,故曰"秋兴"。杜甫自唐肃宗乾元二年(759)弃官,至当时已历七载,战乱频仍,国无宁日,人无定所,当此秋风萧瑟之时,不免触景生情。持续八年的安史之乱,至广德元年（763）才算结束，而吐蕃、回纥乘虚而入，战乱时起，唐王朝还是难以复兴。诗人晚年多病，知交零落，又想到自己一生壮志难酬，在这样寂寞抑郁的心境下，诗人创作了这组诗。

## 诗词小知识

### "寒露"有哪三候？

寒露有三候：一候鸿雁来宾，二候雀入大水为蛤，三候菊有黄华。在此节气，鸿雁排成一字或人字形的队列南迁。深秋天寒，雀鸟都不见了，古人看到海边突然出现很多蛤蜊，并且贝壳的条纹及颜色与雀鸟很相似，所以便以为是雀鸟变成的。三候"菊始黄华"指此时菊花已开。

"十月一，送寒衣"，每年农历十月初一是传统节日"寒衣节"。《诗经》载："七月流火，九月授衣。"从九月开始，天气骤凉，人们需要添置御寒的衣服，因此十月初一又被称为"授衣节"。古时人们早早缝制寒衣以过冬，念及亡亲，忧其天寒身冷，也为逝去的先人们"烧寒衣"送暖。制衣时妇女使用的剪刀、尺等一类裁剪工具被称为"刀尺"。古时制衣的料子如罗纨、缟练等大都是生料，必须捶捣，使之柔软服贴，做成的衣服才能穿着舒适。妇女把织好的布帛铺在平滑的板（称为"砧"，一般为石制）上，用木棒（称为"杵"）敲平，称为"捣衣"，也叫"捣练"；有时是在衣服做成之后进行捶捣，前人诗歌中也统称"捣衣"，不加以区别。白天妇女忙于操持家务，晚上才有空为家人准备衣物，而捣衣对光线要求不高，所以多于寒冬来临之前的秋夜进行。凉风冷月下持续不断的砧杵之声，在古诗中经常被称为"寒砧""清砧"或"暮砧"，用以表现征人离妇、远别故乡的惆怅情绪。"寒衣处处催刀尺，白帝城高急暮砧"写的正是杜甫听到白帝城中捣衣之声，联想到妇女为亲人缝制御寒衣物，产生了怀乡之情。

霜降

## 枫桥①夜泊②

【唐】张　继

月落乌啼③霜满天④，江枫渔火对愁眠⑤。
姑苏⑥城外寒山寺⑦，夜半钟声⑧到客船。

### 注释

① 〔枫桥〕在今苏州市阊门外。

② 〔夜泊〕夜晚把船停靠在岸边。

③ 〔乌啼〕一说为乌鸦啼鸣，一说为乌啼镇。

④ 〔霜满天〕霜，不可能满天，这个"霜"字应当理解为严寒；霜满天，指空气极冷。

⑤ 〔对愁眠〕伴愁眠的意思，这句话把"江枫"和"渔火"二词拟人化。

⑥ 〔姑苏〕苏州的别称，因城西南有姑苏山而得名。

⑦ 〔寒山寺〕在枫桥附近，始建于南朝梁代。相传因唐代僧人寒山、拾得曾住此而得名。在另一种说法中，"寒山"乃泛指肃寒之山，非寺名。

⑧〔夜半钟声〕半夜敲响的钟声。宋朝大文豪欧阳修曾对此提出质疑，他认为张继这句"夜半钟声到客船"，句子虽好，但哪有三更半夜打钟的道理？可是经过许多人的实地查访，才知苏州和邻近地区的佛寺，确实有半夜打钟的风俗。

## 译文

月亮已落，乌鸦啼叫，寒气满天，江对面的枫树和渔火伴我忧愁而眠。姑苏城外那寂寞清静的寒山古寺，半夜里敲响的钟声传到了客船。

## 导读

在一个秋天的夜晚，诗人泊舟苏州城外的枫桥。全诗以一"愁"字统起。前二句意象密集，落月、啼乌、满天霜、江枫、渔火、不眠人，既描写了秋夜江边之景，造成一种意韵浓郁的审美情境，又表达了诗人的思乡之情。后两句则意象疏宕，城、寺、船、钟声，是一种空灵旷远的意境。这首七绝，是大历歌中的名作。

## 诗词小知识

### 什么是"月相"?

从诗中透露的信息来看,诗人是夜半时分看见"月落",但是月亮不是在清晨太阳出来的时候落下的吗?

其实不是的。月亮什么时候升起,什么时候落下,在不同的月相变化阶段,月出和月落时间各不相同。"月相"指人们所看到的月亮表面发亮部分的形状。主要有朔、上弦、望、下弦四种:

朔:农历每月初一时。月球运行到太阳和地球之间,地球上看不到月光。日出月出,日落月落。

上弦:在农历每月初八前后,太阳跟地球的连线和地球跟月亮的连线成直角,地球上看到的月球呈D形。中午月出,子夜月落。

望:农历每月十五(有时是十六日或十七

日），地球运行到月球和太阳之间，地球上看见圆形的月亮。日落月出，日出月落。

下弦：农历每月二十二日或二十三日，太阳跟地球的连线和地球跟月球的连线成直角，在地球上看到月亮呈◑形。子夜月出，中午月落。

所以，如果你给这首诗的配图是一个又圆又大的月亮是不正确的哦。

## 立冬即事二首（其一）

【元】仇　远

细雨生寒未有霜，庭前木叶半青黄。

小春①此去无多日，何处梅花一绽香。

### 注释

①〔小春〕指早春。

### 译文

一场细雨带来了些许寒意，却还没有结霜。庭院前树上的叶子，已经一半青一半黄了。此时距离早春，已无太多日子。不知是何处早早绽放的梅花，传来一阵阵幽香。

### 导读

《立冬即事二首》是仇远的诗作。仇远的诗大多是写

景咏物，也有对国家兴亡、人事变迁的感叹。仇远对于孟郊尤为推崇，作诗风格也深受其影响，诗风清瘦。这首诗同样具备这样的特征。诗人写立冬，先写细雨生寒，后写落叶知寒，概括性极强。后两句写此时距离早春已没有太多日子，不知何处早放的梅花传来幽幽的清香，写出了立冬之美。诗人从立冬之景写去，表达了诗人对冬日情景的喜爱之情。

## 诗词小知识

### "雉入大水为蜃"是真的吗？

立冬有三候：一候水始冰，二候地始冻，三候雉入大水为蜃。在此节气，水已经能结成冰，土地也开始冻结。三候"雉入大水为蜃"中的"雉"即指野鸡一类的大鸟，"蜃"为大蛤。立冬后野鸡一类的大鸟便不多见了，而海边却可以看到外壳与野鸡的线条及颜色相似的大蛤，所以古人认为立冬后雉潜入水中变成大蛤了。

## 问刘十九①

【唐】白居易

绿蚁②新醅③酒，红泥小火炉。

晚来天欲雪，能饮一杯无④？

### 注释

① 〔刘十九〕洛阳一富商，与白居易常有应酬。

② 〔绿蚁〕指浮在新酿的未过滤的米酒上的绿色泡沫。

③ 〔醅〕酿造。

④ 〔无〕表示疑问的语气词，相当于"么"或"吗"。

### 译文

我家新酿的米酒还未过滤，酒面上泛起一层绿泡。用红泥烧制成的烫酒用的小火炉也已准备好了。天色阴沉，看样子晚上即将要下雪，能否留下

与我共饮一杯呢？

## 导读

白居易留下的诗作中，提到"刘十九"的不多，仅两首。但提到"刘二十八""二十八使君"的，就很多了。"刘二十八"就是刘禹锡。"刘十九"乃其堂兄刘禹铜，是白居易在江州时的朋友。《问刘十九》全诗寥寥二十字，没有深远寄托，没有华丽辞藻，字里行间却洋溢着热烈欢快的色调和温馨炽热的情谊。

## 诗词小知识

### "小雪"有哪三候？

小雪有三候：一候虹藏不见，小雪期间不降雨，所以见不到彩虹了；二候天气上升地气下降，这时天地各正其位，不交不通；三候闭塞而成冬，由于天空中的阳气上升，地中的阴气下降，导致天地不通，阴阳不交，所以万物失去生机，天地闭塞而转入严寒的冬天。

## 江　雪

【唐】柳宗元

千山鸟飞绝①，万径②人踪③灭。

孤④舟蓑suō笠lì⑤翁，独⑥钓寒江雪。

### 注释

① 〔绝〕无，没有。
② 〔万径〕虚指，指千万条路。
③ 〔人踪〕人的脚印。
④ 〔孤〕孤零零。
⑤ 〔蓑笠〕蓑衣和斗笠。
⑥ 〔独〕独自。

### 译文

　　所有的山上，都不见飞鸟的身影，所有的道路上，都不见人的踪迹。江上孤舟，一位披戴着蓑笠的老翁，独自在漫天风雪中垂钓。

## 导读

《江雪》是唐代诗人柳宗元于永州创作的一首五言绝句。这首诗用千山万径，人鸟绝迹的景象表现山野的极度严寒，描绘了一幅大雪纷飞，天寒地冻的图景；接着勾画独钓寒江的渔翁形象，借以表达诗人在遭受打击之后不屈而又深感孤单寂寞的情绪。

## 诗词小知识

### 雪中垂钓，钓的是什么？

写雪景的诗句有很多，但写雪中垂钓的诗词却是寥寥无几，柳宗元的"独钓寒江雪"可谓开"钓雪"先锋。大雪之中垂钓，其实很难钓到鱼，那么寒冷雪白的江面上，一叶孤舟之上，那个戴着斗笠披着蓑衣的老翁又在钓什么呢？说他钓的是"雪"，体现的又何尝不是一种孤独寂寞、壮志难酬的心境呢？

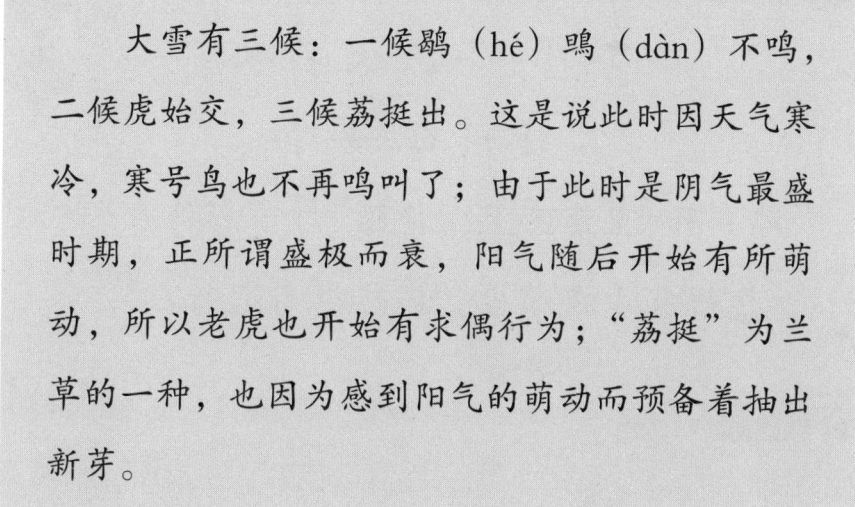

大雪有三候：一候鹖（hé）鴠（dàn）不鸣，二候虎始交，三候荔挺出。这是说此时因天气寒冷，寒号鸟也不再鸣叫了；由于此时是阴气最盛时期，正所谓盛极而衰，阳气随后开始有所萌动，所以老虎也开始有求偶行为；"荔挺"为兰草的一种，也因为感到阳气的萌动而预备着抽出新芽。

## 邯(hán)郸(dān)①冬至夜思家

【唐】白居易

邯郸驿(yì)②里逢冬至,抱膝③灯前影伴身④。

想得家中夜深坐,还应说着远行人⑤。

### 注释

① 〔邯郸〕地名,今河北省邯郸市。

② 〔驿〕驿站,古代传递公文,转运官物或出差官员途中休息的地方。

③ 〔抱膝〕以手抱膝而坐,有所思的样子。

④ 〔影伴身〕影子与其相伴。

⑤ 〔远行人〕离家在外的人,这里指作者自己。

### 译文

我居住在邯郸客栈时正值冬至佳节。晚上,我抱着双膝坐在灯前,只有影子与我相伴。想来家中的亲人今天应该

会相聚到深夜，谈论着我这个远行人吧。

## 📚 导读

在冬至这天，朝廷放假，民间也很热闹。人们穿新衣、品佳肴、献祝福，一派喜庆的过节景象。此时白居易正宦游在外，夜宿于邯郸驿舍中，不能与家人团聚，倍感孤独思家，故作此诗。

## 🌐 诗词小知识

### "冬至"有哪三候？

冬至有三候：一候蚯蚓结，二候麋角解，三候水泉动。传说蚯蚓是阴曲阳伸的生物，此时阳气虽已生长，但阴气仍然十分强盛，土中的蚯蚓仍然蜷缩着身体；麋与鹿同科，却阴阳不同，古人认为麋的角朝后生，所以为阴，而冬至一阳生，麋感阴气渐退而脱落麋角；由于阳气初生，所以人们还认为此时山中的泉水开始流动，水温回升。

《吕氏春秋》说"冬至"是"日行远道",就是太阳离我们最远的意思。冬至日是全年白昼最短的一天,短到什么程度?下午5点钟不到,太阳就落山了。这一天,也是北半球一年中夜晚最长的一天。"吃了冬至面,一天长一线。"冬至到,数九寒天开始,我国各地气候都会进入最寒冷的阶段。此外,古人还有"冬至大如年"的说法。古人认为,冬至节,春之先声也,是个吉日,过好冬至,预示着否极泰来。

## 寒 夜

【宋】杜 耒

寒夜客来茶当酒,竹炉①汤沸②火初红。

寻常一样窗前月,才有梅花便不同。

### 注释

① 〔竹炉〕指用竹篾做成的套子套着的火炉。是一种烧炭的小火炉,外壳用竹子编成,炉芯用泥,中间有铁栅,隔为上下。

② 〔汤沸〕热水沸腾。

### 译文

冬天的夜晚,来了客人,用茶当酒,吩咐小童煮茗,火炉中的火苗刚开始红起来,壶里的水就沸腾了。月光照射在窗前,和平时并没有什么两样，只是窗前有几枝梅花忽然开了，这使得今日好像与往日格外地不同。

## 导读

《寒夜》是一首清新淡雅而又韵味无穷的友情诗。诗的前两句写客人寒夜来访，主人点火烧茶，招待客人；后两句又写到窗外刚刚绽放的梅花，使得今晚的窗前月色别有一番韵味，和平常不一样。整首诗语言清新、自然，无雕琢之笔，表现的意境清新、隽永，让人回味无穷。

## 诗词小知识

### 你知道"二十四花信"吗？

所谓花信风，即带有开花音讯的风候。《荆楚岁时记》载："始梅花，终楝花，凡二十四番花信风。"根据农历节气，从小寒到谷雨共一百二十日，有八个节气，每个节气分为三候，每五天一候，共计二十四候，每候对应一种花的风信，称为"二十四番花信风"。

二十四番花信风顺序：

小寒：一候梅花，二候山茶，三候水仙；

大寒：一候瑞香，二候兰花，三候山矾；

立春：一候迎春，二候樱花，三候望春；

雨水：一候菜花，二候杏花，三候李花；

惊蛰：一候桃花，二候棣棠，三候蔷薇；

春分：一候海棠，二候梨花，三候木兰；

清明：一候桐花，二候麦花，三候柳花；

谷雨：一候牡丹，二候茶花，三候楝花。

## 梅 花

【宋】王安石

墙角数枝梅,凌寒①独自开。

遥知不是雪,为②有暗香③来。

大寒

### 注释

① 〔凌寒〕冒着严寒。
② 〔为〕因为。
③ 〔暗香〕指梅花的幽香。

### 译文

那墙角的几枝梅花,冒着严寒独自盛开。为什么远远望去就知道是洁白的梅花而不是雪呢?因为梅花隐隐传来阵阵幽幽的香气。

## 导读

《梅花》前两句写墙角梅花不惧严寒，傲然独放；后两句写梅花幽香扑鼻，不同于雪。诗人写梅赞梅，实际上也是在歌颂像梅花一样傲雪凌霜、品格高贵的人。

## 诗词小知识

### "大寒"有哪三候？

大寒有三候：一候鸡乳，二候征鸟厉疾，三候水泽腹坚。到了大寒节气，古人便认为可以孵小鸡了；而鹰隼之类的征鸟，正处于捕食能力极强的状态中，它们会盘旋于空中到处寻找食物，以补充能量抵御严寒；三候时，水域完全结冰，且此时冰层最结实、最厚。